最世文化
Shanghai ZUI co.,Ltd

© ZUI 2017 上海最世文化发展有限公司 & 中南博集天卷文化传媒有限公司

前往闪亮的旧时光

郭敬明 主编

湖南文艺出版社
HUNAN LITERATURE AND ART PUBLISHING HOUSE
博集天卷
CS-BOOKY

在很多年很多年后的夏天，我依然清晰地记得曾经的我们，是怎样在热气笼罩的教室里，打发掉一个一个漫长的午后。
郭敬明

照片上是数年来，生活在那个家庭里的自己。
灰白色没有表情的像。

落落

那种隐秘的激动就像某种艳丽的植物，突如其来，莫名其妙地在我的灵魂深处绽放。它绽放的一瞬间，我才看清原来我的灵魂是一片已经龟裂的千里赤地。

笛安

人们经常说 It will get better 我觉得也不一定 Maybe it will get worse 不过我相信 It will get easier

安东尼

序

一千零一页

文 / 郭敬明

在眨眼的瞬间，时间就能摆动出浩瀚的涟漪，而十年，只是裙摆上浅浅的一道褶皱，褶皱里承载着，一代人单薄而又孤单的青春光景。

《最小说》创刊十年了。

那时候的年轻人，比现在寂寞多了。没有纷纷扰扰的社交软件，没有放不下的智能手机。只有压得喘不过气来的模拟考卷和厚厚的参考习题。而那时，每个月薄薄的一本杂志，就成了很多年轻人灰色天空里的一抹亮色。

我和当初共同创立杂志的伙伴们，从二十出头的年轻人成长到了如今的而立之年。这意味着，当初最早的一批读者，也从十几岁的少年，离开学校进入社会，开始品尝人生百味。很多人开始谈恋爱、结婚、生子，也有人依然孤单地生活着。无数人在时间的浪潮中起伏跌宕，无数人的“十年”装订成一本厚厚的年鉴。

那时候的我们，每个月都为选择什么样的故事，用什么封面，有什么有趣的选题而绞尽脑汁。年少的心气在成长里渐渐泯灭，回首沿路十年的心境和路径，我们欢欣鼓舞，我们饱含热泪。

我们留下了浩如烟海的文字。

随着年龄增长，我越发感受到文字的力量。时间在流逝，记忆会模糊，人们相聚又分离，谁也无法确切知道未来会是怎样的光景。只有文字确实地留存着，白纸黑字，忠实地记录着此时的我们已经无从确认的属于遥远时光的情绪和思考。

而再次阅读这些文字的我们，仿佛拥有了某种保存时间的能力。

从2006年至2016年，最世文化走过十年岁月，签约上百位作家，出版上千本图书，在《最小说》发表的文章难以计数，它们当中的许多篇章，都在曾经的岁月里，打动着每个月几十万个读者。我们选择在十周年纪念之期，推出十周年文集，收录历年部分《最小说》千元大赏、大奖、金赏和ZUI作家作品，以及签约作家的代表作、优秀作品，集成五本，作为《最小说》十年来的精华，供读者们收藏回顾。

这将是一次前往旧时的闪亮旅程，跟随那些灵光乍现的文字，我们将看到已经一去不再回来的青春岁月。离我们已经很远的考试、同桌、宿舍、初恋、孤单……所有时间的碎痕，给养起我们的生命。

我想，在无所不容的时间面前，我们的感情同样有着相似的力量，人与人之间撞击出的能量，汇聚成文字，一个个不起眼的小字，连接组合到一起，便拥有了凝固时间的魔法。时间、文字与情感，这三者的集合，便是浩瀚所能代表的一切无尽。

感谢你，陪我们度过的一千零一页。

目录

CONTENTS

前往闪亮的旧时光

前往闪亮的旧时光

郭敬明

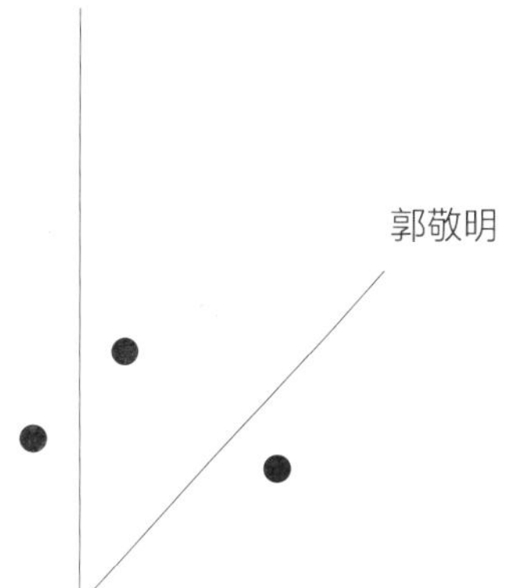

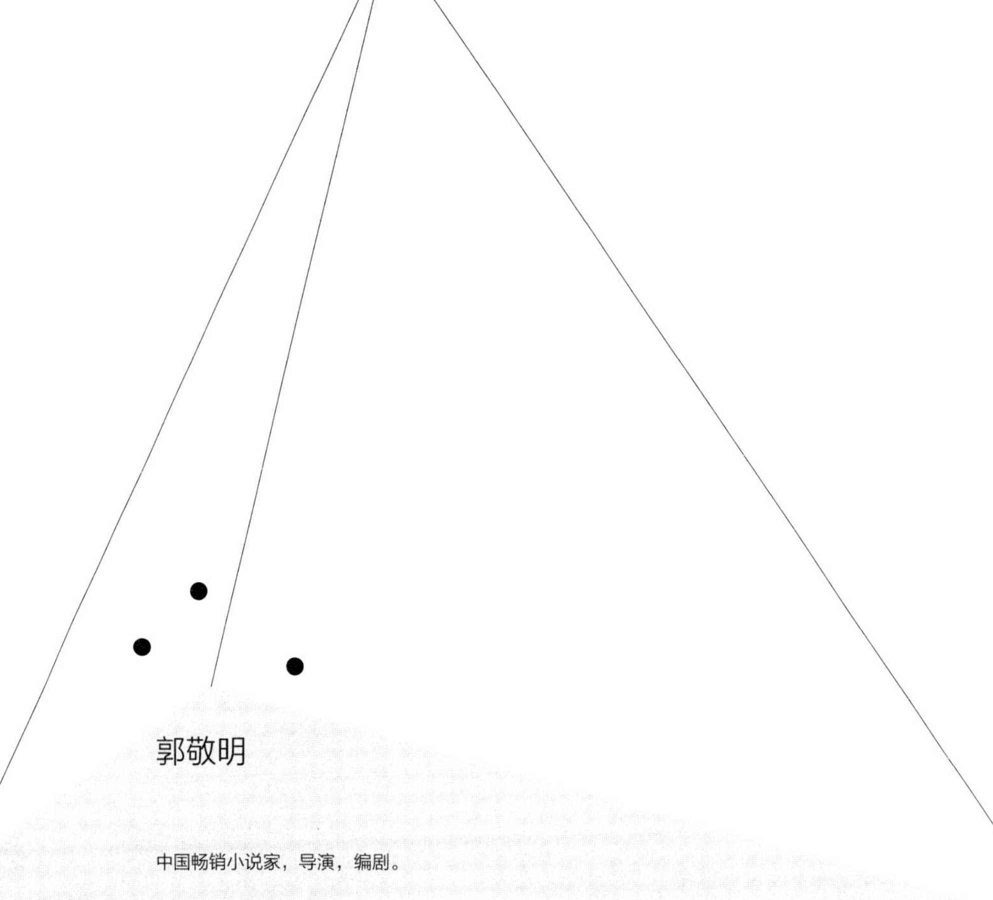

郭敬明

中国畅销小说家，导演，编剧。

上海最世文化发展有限公司董事长，《最小说》杂志主编，《文艺风象》《文艺风赏》杂志出品人，“80 后”作家群的代表人物，青春文学市场领军人物。

已出版作品：《幻城》《夏至未至》《悲伤逆流成河》《小时代》系列、《爵迹：雾雪零尘》《爵迹：永生之海》

导演作品：《小时代 1》《小时代 2：青木时代》《小时代 3：刺金时代》《小时代 4：灵魂尽头》《爵迹》

一

喂，在吗？你现在应该是在一片夏天明亮的阳光下看书吧。也许刚刚吃过午饭，从食堂里走出来，看见夏天里如同海洋一般的绿色树冠起伏在操场的四周。我们年少的时候，一定无限喜欢过这样微微有些发烫，但是却称不上炎热的午后。有人在树下的长椅上看书，有男生带着足球朝操场跑去。光线变成拉长的白色的线，一圈一圈地把这个世界缠绕成一个透明的茧。

喂，你是在这样的白色晴空之下吗？还是在一片光线微弱的黑暗里，从闷热的被子里探出头来深深呼吸呢？其实也没什么可担心的。擦掉眼角的水渍，依然可以安然地入梦。

二

你知道吗，那个时候的我，和你们一样，每天就是这样慢慢度过年少的日子。上课的时候被阳光照得刺眼，眼皮在夏天里变得格外沉重，像是眼睛上流淌着温热的液体，引诱着人朝梦境一步一步走去。有时候地理课，有时候生物课。自习的时候会花大量的时间看向窗外。

波光粼粼的湖面，或者绿成一片的操场，上面迅速移动的白点，可能有一个是自己一直在关注的人，但也没办法分辨出来。本来以为应该是独一无二的存在，眼下却也仅仅只是散落在绿色草海上的一粒微小白点。

记忆里却还是第一次看见你的样子。在全校的入学考试上，你趴在桌子上一直睡觉。

三

那个时候的自己，非常用功地念书，没有什么不良嗜好，也还没有学会去夜店玩闹。那个时候的自己，会在书店里买好看的小说时顺便带回一两本参考习题，在买 CD 的时候也会买一两盘最新的空中英语。

每一次考试完，学校都会放出全年级的排行榜。那个时候的自己，也只是停留在 10 名到 20 名之间。不会有第一名那样风光，但是因为全年级一共 10 个班，所以平均到班级里，也就变得醒目。

每个月都会等最新的杂志。学校在一个山岭上面，所以要去城里买杂志的话，就需要骑车走一段很长的下坡路。

那个时候在小南门的一个书店里，摆放的都是当下学生们最爱看的书。

而时至今日，我也从当初的那个买书的人，变成了一个写书的人。

后来这些年有一两次路过那家书店的时候，会看见自己的海报贴在最醒目的位置，却也没有勇气走进那家书店了，只是隔着一条六七米宽的马路，淡然地看着里面捧着书本的年轻面容。他们穿着和我当初一样的蓝色校服，在书店里慢慢走动，像是最最平淡而美好的风景。

也曾经有过逃课，在王菲发新专辑《寓言》的时候。仔细想起来那也是多少年以前的事情了。

现在的王菲已经素着一张脸躲避到了镁光灯的背后，也许是浮华的世界看了太多，最终觉得一切不过都是梦一场吧。只有身边的温暖才叫温暖，那些在遥远的地方一直吼着“喜欢你”“喜欢你”的人，说不定有一天也会对你被拍到没有化妆的丑照片津津乐道。

这样悲哀的快速变化的世界。

可是虽然我们知道是这样的，可是我们还是改变不了。

就像麦当劳和KFC，速食的东西在身体里日益累积起毒素，可是我们还是乐此不疲。

那些骄傲的长久的喜欢，也只有在我们年少的天空下，才变得那样晴朗和透明。

而成长之后的天空，被风吹散得什么都不会留下。

四

那个时候的自己，怎么来形容呢？

平淡无奇，或者普普通通。

会因为任何小事而感觉到伤怀，也会仅仅几天就忘得一干二净。

也有几次去染过头发，但是没过多久就被老师强行要求染回黑色。多染几次之后头发就会变得毛糙。

也曾经穿过那种又大又肥的裤子，非常不适合自己。只是因为当时流行，觉得很特别。

也会用要学习英语的理由，问父母要求买 CD 机。那个时候还没有 MP3 和 iPod。对于当时自己的家庭条件来说，买一个 CD 机，也不是那种非常无所谓的事情。

现在想来，那个时候的这些举动，也是和时尚与好看无关的事情。仅仅是因为希望自己变得特别，变得醒目，变得可以在人群里生动起来。变得可以吸引某个人的目光，更多地朝自己看过来。那个时候年轻的自己，有很多时候我回想起来，都像是在看着一部青春电影里的少年主角，很多时候想要告诉他，但很多时候也觉得傻得可爱。是那种对自己微微地怜惜，在多年之后的现在。

五

高三的时候开始写很多东西，成绩开始渐渐下滑。也不是没有感觉，当偶尔需要在50名左右的位置才能看见自己的名字时。但也是那种埋伏在心里的无力感，也是继续熬夜，也是每天喝大杯大杯的咖啡，喝到后来闻到咖啡的味道就忍不住想吐。也会买很多很多的参考书，在很多个深夜里把头埋进臂弯里哭出声音来。早上五点被定好的闹钟叫醒，窗外是永远没有亮透的暗蓝色的清晨。从夏天的暗蓝，渐渐变成冬天的漆黑。拿着水杯到院子里刷牙的时候，会冷得全身发抖。

高三的时候不再住校，而是搬到外面租房子。晚上十一点学校宿舍的熄灯制度是一个方面，而更多的是年少时渴望的自由。开始的时候住在一个四层的小阁楼里。一个八九平方的小房间，一层楼的人共用一个浴室。于是睡觉的时间也从开始习惯的十一点，慢慢变成十二点，一点，两点……黑眼圈随着睡眠时间的减少而慢慢增加。彼此嘲笑着熊猫眼的同时，背过身去就更加用功地看书做题。谁都不想要输给谁。那个时候依然有很多的人黑着眼眶说着昨天晚上熬夜看连续剧看球赛。其实彼此都心照不宣，只是不忍心揭穿罢了。

那种像是抽丝剥茧般缓慢而目标明确的压力越来越重，像是空气里浮动的尘埃一样，走过那段时光，走过那段路程，就如影随形地黏在身上。也曾经把那些鲜红一片的数学试卷揉皱了用力扔出窗外。下课的时候又跑去楼下，绕到教学楼背后荒废的草坪，把它重新铺展开来。

也有很多次地哭过，不开心过，懊悔过。

也有无数次梦见过考试的场景，周围的人都在唰唰飞快书写，只有自己看着满页的空白无从下手。

在那样的梦境里，每次挣扎着醒过来的时候，都像是从深海里挣扎出水面，在明白过来这只是梦而已时，前三秒的庆幸感过去之后，就会开始忍不住委屈得流下眼泪。那些涩涩的盐分都流进曾经年少的心里。

一直到多年以后，也会让我不断地重复着这样的梦境。

梦里唰唰的水笔摩擦试卷的声音，还有时钟嘀嗒嘀嗒的声响。

六

那些一直陪伴我整个少年时光的朋友，现在也没有一个在我的身边。就像是一个悲壮的猎人独自走进漆黑的森林一样，我当时也是在他们不舍的目光里一个人来到上海。那个时候我和小蓓都在外面租房子，分别租在学校外面那条马路的两头。中午的时候我们会一起去一家小饭馆吃饭，麻辣牛肉一直是我们热爱的菜色。那个时候我们每天都喝掉大量的雪碧来逃避炎热得无所遁形的夏天，头顶哗啦啦的白光伸出手来，抓住每一个暴露在空气里的人，全身都像是要被烤得发出噼啪的声音来。小杰子依然每天打球，回到座位上的时候一阵躲不开的热气。卓越每天中午都会在我睡觉的时候在院子里弹吉他，偶尔睁开眼睛会看见他低着头的认真的脸庞线条，在夏天明亮的光线里氤氲开来。CKJ 也每天都还是嘻嘻哈哈的样子，每天晚自习之前也会拉着我教他打羽毛球。

只是到了现在，我也只能和他们通过 MSN 和短信联系。

隔着用千做单位的公里数，活在各自的生活里。

我们曾经用力地在一起，然后又漠然地彼此分隔各地。

七

每一年的夏天，都是日光与回忆同时泛滥的季节。往无数曾经的岁月去，往无数灰暗的日子去，往无数发黄的地点去。在很多年很多年后的夏天，我依然清晰地记得曾经的我们，是怎样在热气笼罩的教室里，打发掉一个一个漫长的午后。

还有那些永远没法亮透的微微发凉的清晨。

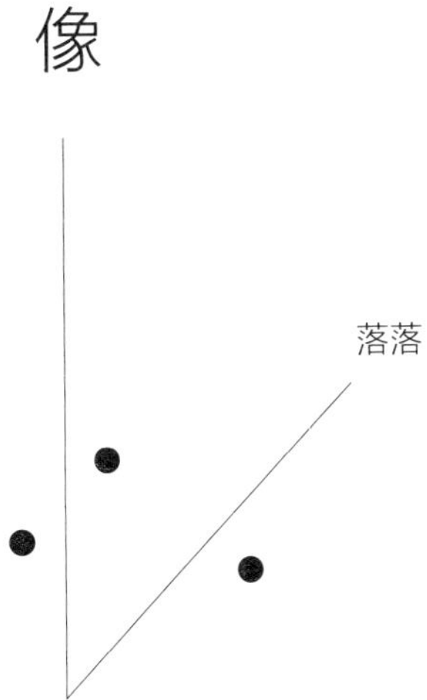
像
落落

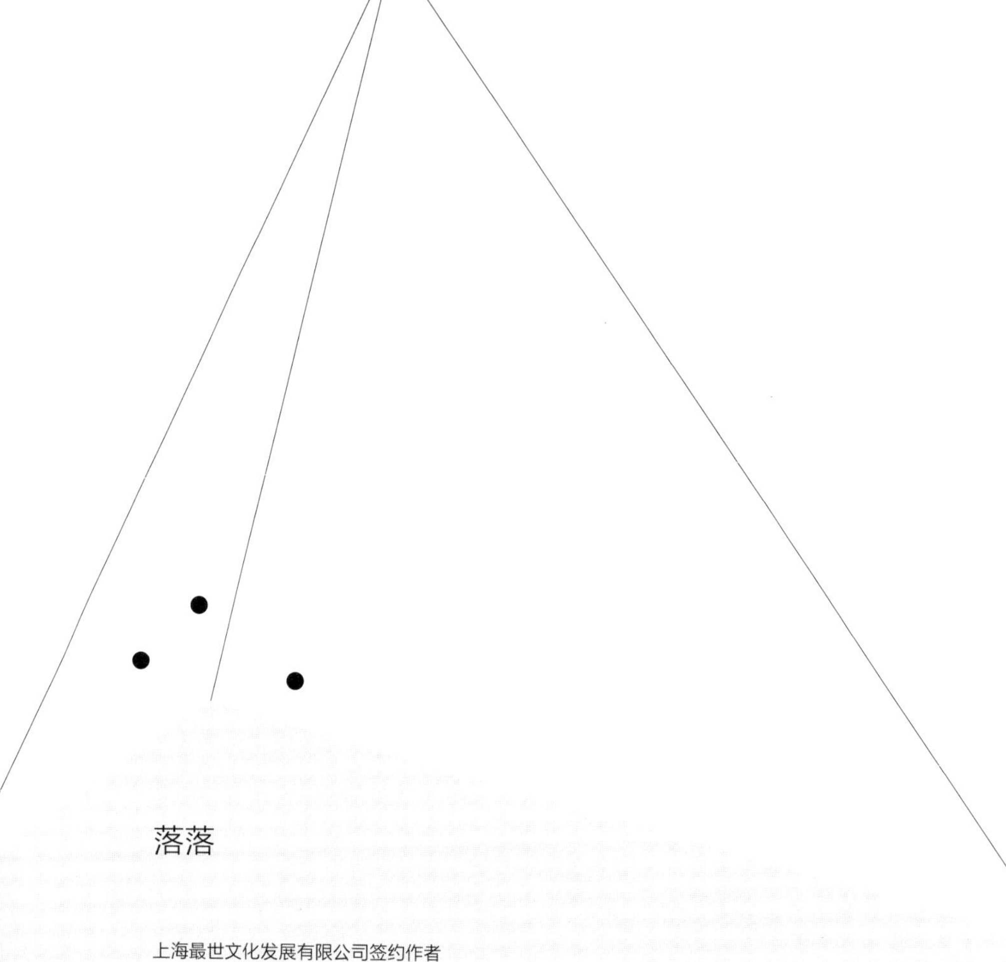

落落

上海最世文化发展有限公司签约作者

目前为止，人生最喜悦的事，排在第一位的还是“写完了很喜欢的一个故事”。

已出版作品:《年华是无效信》《那些生命中温暖而美好的事情》《尘埃星球》《须臾》《不朽》《千秋》《万象》《剩者为王》《剩者为王Ⅱ》《有生之年》

我穿过马路后，发现弄堂口的母亲。有路灯和来往车辆的光，一眼就看清了。我看出母亲是拖着一袋大米。几十斤的样子。她抓着袋子在路上拖了一段，然后是怕袋口磨破了，又抓着两角提起来走几米。母亲个不高，所以有些踮着脚，被米袋的重量带着，那样子看来滑稽地踉跄。她或者拖或者提，一路不停地交换着。

我远远跟在她身后，和母亲保持着同样的速度，因而非常缓慢地，直到母亲最后终于推开房门进了屋内，我还站在弄堂中间，地面上是画给小孩子们的跳房子图案，单格单格然后双格。

前一天夜晚，已经过了吃饭时间许久父亲却仍没有到家，又等一会儿我便给他拨去电话，父亲解释说刚才去探望住院的朋友，但已经在返回的路上了。“大概再过十五分钟吧，”末了他补充说，“你先把阳台上的汤拿去热一下。”

我找到父亲之前装在焖烧锅里的竹笋汤，或许是锅子的保温特性，还是暖烫的，热气熏人一脸。于是我又回到房里，坐在凳子上一边翻着电视节目报一边等待他。

母亲就在旁边的餐桌上独自吃着晚饭。

在我给父亲去电之前，她从厨房端出回锅后的青菜，蚕豆，昨天的百叶红烧肉，包括三副碗筷。但随后母亲坐下，看着电视一口一口扒着碗。

四月的时候，全班一起外出春游。开着漂亮油菜花的田间，大家找了空地铺了塑料纸又想搞野炊，最后没有合适的木柴所以还是放弃了，不过聚在一起仍然嘻嘻哈哈非常开心。聊天和玩游戏，玩真心话大冒险，男生说着部分并不新鲜的笑话，可并不影响什么。

一边传来了大瓶的雪碧，我倒了些在自己的塑料杯里，手机这时响了，坐在身旁的朋友帮忙从书包里替我翻找出来。她将屏幕朝向我："要接吗？"我看一眼上面显示的名字，摇摇头。朋友唔一声，将它又放回原处，并没有再问起什么。

其实一开始，朋友也会对类似的事情无法理解，但渐渐她们也明白了一些——

这是个奇怪的家庭。

这是个奇怪的家庭。

即便就在几米之外，我看着母亲拖一只沉重的米袋，却没有上前帮一把手。

又或者，母亲不会电话父亲询问他，"你什么时候到家"，"晚饭要等你吗"，而我也不会把父亲的话转达给母亲。

他们惯例般维持莫名的冷战气氛，而我对它的熟悉已经远比地下冬眠的昆虫对于雷声的敏感。

回程的路上，大巴士在泥泞的路上颠簸得人昏昏欲睡。朋友歪了脑袋下来，头发擦着我的脖子，痒得很，几乎让我忍不住发笑。

我找出手机，屏幕上列着母亲打来的数个未接电话，最后用一条短信结尾，里面留着一段长长的话。没有写“玩得开心吗”“注意安全”之类，她在短信里质问我“为什么不接电话？指甲钳是不是又被你拿去了？用了也不还到原来的地方？你回家后马上还出来！一天到晚都那么自私！”

看到这样的内容，我果然还是红了眼眶的。虽然立刻忍住了，慢慢从脸上褪去的酸涩感消失在空洞的心里。

金黄色的花田，金黄色的光，人们是用什么来区分出“美好”的事物？

那些明媚的，毛茸茸的，暖的，湿润的，噼啪作响的或是安静的，又是如何被赞美的呢。

在路面上不时跳跃起来的巴士，持续地永久地开下去，不要停在我家的门前。

这是我所能想到一桩美好的事。

位置在市中心，我家算得上绝对的“黄金地段”，只是属于年代久远的老城区又迟迟等不来改建，住在这里的人唯一的乐趣仿佛就是每隔两个礼拜传说一次“马上就要拆迁了！听说每个人能分到多少多少钱”。

所以常常我想，是不是因为这个，父母还是坚持住在一起而没有离婚，他们不愿放弃很有可能落到头上的一笔巨款，所以即便已经形同陌路，甚至常常迸发战争却依然住在一起。

老城区的弄堂房子，而我家已经是附近几户里面积最大的了。父母还能隔出一间阁楼，那是我平时读书和睡觉的地方。层高不够，所以阁楼无须楼梯，只要我踮起脚，然后用手撑着爬上去就可以了。

装了布帘的后面，放着单人床、书柜和写字台。

还有一扇窗户，但插销故障着，是无法打开的。窗户外层积着厚厚的对面人家烧菜的油烟，像幅用污渍渲染的抽象画。

很多夜晚，作业写到一半，我抽出纸巾擦眼泪。以往常常是一直到眼泪干涸了，像彻底摆脱了一般，流尽后突然冷漠下来，可以继续先前手头的事，甚至读着杂志上喜剧的故事也能立刻笑开。

只有一次，不知为什么哭了很久，然后我听见身后布帘被人猛地拉开。余光里看出是母亲。

仅仅盯着我，什么也不说的母亲，视线凝在我的背上。

那一刻，我也是仿佛瞬间冷漠下来，再也流不出眼泪，我想自己是像冰冷的镜子一样，相信这样可以将母亲的视线原封不动地返还给她，显出自己无动于衷。

无动于衷，可能是会出现最多的，在描述我和母亲之间关系时用到的词语。

读六年级时母亲在工场里出了工伤事故，被机器烫伤了半张脸，工厂赔了不少钱，而母亲经过长久的治疗也逐渐得到了恢复，似乎有了一个相对幸运的结果。然而在我的记忆中，因为破相，加上长时间痛苦的医学治疗，母亲在那时已经患上了忧郁症。当时我什么也不懂，只觉得带着半张伤疤的脸，那样的母亲看起来有些可怖，随后就是她的性格变得古怪又激烈，常常在家大哭大闹，用各种事由与父亲吵架或是对我发火。

父亲忍耐着，而我害怕着，相信是自己的过错让她如此勃然大怒。考试失利时我绞尽脑汁地隐瞒她，却往往被揭穿之后就会受到更严厉的指责。更常见的是，一点言语也可以刺激母亲的神经，很多暴风骤雨来得让我猝不及防。

从那个时候开始，任何时候，只要脑海中浮现家的画面——那是我从自己的阁楼上所看见的视角，阁楼下父母的住所，他们的大床。旁边是摆放马桶的地方，在还没有被街道改建成抽水马桶时，每家每户都多半有这个东西。此外冰箱和饭桌都靠近大门，靠墙立有衣柜和樟木箱。箱子上是奶奶留下的年代久远的黄色发条钟，被一块花布遮盖着。角落里堆放着被扎成堆的废报纸，和十几个油腻腻的空酒瓶。

只要我回想起这幅画面，犹如梅雨季节后变质的食物，它透着淡淡的青绿色，阳光落下巴掌大的一块地方，仿佛不会转动的眼珠。空间从上往下夸张地缩小，以至于地面看来阴暗与模糊。

我每次想起自己的家，反感的心，排斥的心，厌恶的心，愤怒的心，那是一处死去般的场所。

念初中后母亲与父亲间的争吵也愈渐激烈。每次只要我回家前看见家里灯火通明的，便知道一定又是刚刚爆发完大战。这点是自己不曾预料到的，我会与其他所有人完全相反地，放学后走到家门前，心里祈祷那是一扇昏暗的窗。

我并不知道他们在争执些什么，是过去了很久才慢慢明白，所有爆发的原因其实都无从说起，没有道理可言，只是心里出现了恨意，厌倦，无法平息的怒火，被一些小事所点燃。可那些恨意，厌倦，无根无由的怒火，它们又是从哪里来的呢，直到今天我也无从理解。

我所唯一记得的是，母亲那时陷入了歇斯底里中。每每她与父亲吵完，母亲爬到阁楼上对我说“小绮你记好了，家里现在还有多少多少钱，存折放在什么什么地方，妈妈死了你就拿着钱出去自己生活”。她握着我的手，眼睛因为痛哭已经肿得完全变形。

随后母亲晚上又要与我一起睡，她说，如果我发现她的身体开始变冷了，第二天天亮就去找舅舅过来收尸。

十三岁的我，一次次听着这样的话，手足无措，只感觉到莫大恐惧，晚上一直流着眼泪，不断地摇晃着母亲，希望她还活着。

一次又一次，噪声，尖叫，谩骂和遗嘱般的句子。晚上睡在我身边的母亲。

好像是种咒语，我在这片死去的地方，慢慢地，自己的双腿也变成了石头，然后是腰，然后过了胸口，心脏变成了灰白色，最后是眼睛。

后来也常常看到或与人谈起叛逆期，同龄人说着当时怎么与父母作对，而自己都不被他们理解，反感来自成年人的固有思维和拘束，甚至仇视他们说的每句话，提出的每个要求。他们偷偷抽烟或者与异性约会亲吻，手上用刀刻下对方的名字。

我听着身边的人谈起“叛逆”，回想那自己又算什么呢。

逐渐明白母亲只是在威吓父亲而已，她不会死的，她说的所有的话只是为了使我也怨恨父亲对她的逼迫。她的眼泪和痛苦在我看来终于成了无足轻重的东西。不再与自己切身相关，不再维护。

我厌倦了，甚至怜悯的感情也懒于产生，我的心脏已经如同石化，它麻木地跳动着。当母亲夜晚睡在我身旁，我看着她的侧脸——当时一定曾经想过，“如果母亲真的死了的话”，一定有过这样的想法吧。

平静的，木然的想法，“如果她就这样死了”。

想着。

揣测着。

琢磨着。

睁开眼睛看着低低的阁楼天花板。

这样的我，究竟是怎么一回事呢。

当我考上高中，以学业或者其他借口，待在家的时间比之前少了许多，结交了要好的朋友，有时候晚上也住在对方家里。

打电话回家对母亲说“今天不回来了”，为了不让母亲反对，总是说完就挂断。在好友家吃饭，晚上作业做到一半开始偷懒，她把新买的时尚杂志给我看。上面非常漂亮的，粉蓝色的裙子，腰上抽着黑色缎带。仅仅是想象自己穿上的样子，也会觉得开心。

我喜欢好友家的装修，喜欢她家的味道，喜欢她家的拖鞋，是买了男女两款配对式的，女生穿粉白点，鞋面旁有毛茸茸的蝴蝶结。她的家人喊我的名字“薛绮是吧”，问我“饭菜吃得惯”吗。

躺在别人的家，也没有不适，反而是贪婪地，带有渴望的心。

那会儿父亲也调到新的部门，开始长年累月的加班，虽然在我的理解中，那也是为了逃避母亲的一种行为。所以连我也不回家的时候，就只剩下母亲一个人了吧。

没有了可以争执的对手的母亲，似乎也逐渐变得平缓了一些，忧郁症的激烈表现经过药物控制也减轻了。只是她的语言依然尖刻焦躁，电视新闻中出现的人物，亲戚与邻居中的某些事情，总是会被她挂在嘴边。她抱怨他们发达了就把自己抛下不管，或者诅咒邻居家那些长舌的八婆，但自己也不忘嚼两句楼下女孩的闲话。

五月的时候，那是父亲的生日。我没有多余的钱购买礼物，但仍然准备了一张生日贺卡。晚上回到家，看见屋里只有父亲在厨房忙碌，我问母亲去哪儿了。

父亲用抹布擦了擦手，说“你舅舅打电话来说姥姥有些发烧，她过去看望了，今天也不回来”。

于是只有我和父亲两人的晚饭，我问他，今天是你生日，不买蛋糕什么的吗。父亲说什么蛋糕啊，多少年都不过了。

我把贺卡拿出来交给他，父亲老实地指着上面的英语句子和画的符号笑着说“写的什么啊，这么新潮我看不懂啊”。我倒有些不好意思起来，只说“看不懂就算啦”。

我和父亲，我和他之前，其实也并不多么热络亲昵吧。早年他与母亲吵架，我从害怕怨恨到后来的无动于衷，不仅是母亲，连同与母亲一起对立的父亲，也被划在了一个圆圈里，他们都同属于我所抵触的那个家。总是忙碌于工作的父亲，他回来时我点个头应一声，吃完饭便回阁楼蜗居在自己的空间里，等第二天睡醒他已经出了门。

饭桌上不怎么说话。尤其是当母亲也在座时，我和父亲没有过多的交谈。

所以那一次，不知不觉从哪里找到话头。父亲颇有兴致地向我谈起他的过去，他年轻时如何奋斗，我第一次听说原来他还做过去外地倒卖香烟的工作，“和你叔叔一起，还有他朋友叫阿辽的——你小时候应该见过呀——但最后上火车前，全部被人查扣了，当时每个人只能带一条而已，我们多余下来的，统统被没收了啊”，父亲笑着说，又并没有带出伤痛的口吻。

又讲起他当初如何离开父母在外地打工谋生，生活艰苦，还要自学去参加高考，最后被分配到内地的机关单位里。

“那个时候，别人就给我介绍对象了。”父亲最后说。

“妈妈？”

“那次还不是，你妈妈是我后来培训时认识的……”他又倒出小半杯黄酒。

“嗯。”

“你妈妈年轻的时候嗓子很好，那时做广播员，算是小有名气了。”

“是吗。”

“……”父亲干掉了杯子里的黄酒。

我把一根牙签反复折断成几节，还想分得更短些，指甲上使了力气却也终究没有办法。

“其实……你妈妈才是最可怜的……”流露出疲倦口吻的父亲，这么说着。

我想，那么多年来，被消耗掉的不是只有我一个人。在这个家中逐渐变得冰冷僵硬无动于衷的，不是只有我。

父亲耳朵下现在还留有一条伤口，是早年与母亲在争执中被她用剪刀划破的。似乎因为那一次，他终于忍不住动手推倒了母亲，于是爆发了最为严重的冲突吧。

那么，他们十几年的感情是什么呢，他们的结合又是什么呢，他们生下的儿女是为了见证什么呢。

在忍耐中，已经耗损了所有感情的一家人，到底是什么呢。

周末放学我回到家，仍然是只有母亲坐在电视前面。穿着在家时换上的外套，低着头看起来脑袋与肩膀中间像是没有脖子。她抬头看我一眼说："吃饭了。"

我嗯一声，爬到阁楼脱了外套后回到桌边。

我和母亲坐在并排，电视机里播放着市井的家长里短。母亲像是自言自语：

"这个豆芽炒得太咸了。"

"噢是吗。"我随意地应一句，"我觉得还好。"

"哪里还好，你爸爸肯定把盐钵都打翻在里面了。"

"至于吗，讲得这么夸张。"

"你就是帮他说话。他烧的菜，再难吃你也不会说的。"

"……"我放下筷子看着她，"什么啊？本来也没有难吃吧？"

"你们俩就是一条战线的，一起跟我作对很开心啊？！"

我咬住嘴唇，决心不追随这个话题下去。

但母亲却被沉默激怒了："这个家里，我连说批评一句饭菜也不可以了，这对父女真了不得。"

我没有忍住，扔下碗筷，身体还是因为气愤而发抖了："这个家里，只有你是不正常的，你是像瘟疫一样的。"

即便是回想，我也仍然能清晰地感觉到，那应该是莫大的伤害的话吧。

但那一天的自己，却是咬牙切齿地对母亲说了这些。

我记得母亲的脸色骤然变得浮白，然后扬手打了我一巴掌，她激动得结巴着说不清话，直到凄厉地大哭。

父亲说，"其实，你妈妈才是最可怜的人。"

我知道的。我一直都明白。

变成连至亲都憎恶的人，长时间陷在阴郁中无法摆脱，难以和他人正常温和地交际，这样的母亲，每一天都过得非常可怜。

但是，父亲给不了她继续的安慰，而我，失去了同情，怜悯，悲伤与难过的心，只是漠视着。不论怎样也不会被打动了。我将一切都拒之在外，看不见听不着，就感觉不到。我是用出了全身的力气，希望将它们抛弃在最远的地方。

能够支持母亲的人，都没有伸手。我理解其中的残酷。或是窒息般的伤感。

可同时，我所无法释怀的，难道自己就没有了失望的权利吗。被泛泛之交地劝说着“你要支撑起他们”，“理解他们”，“体会他们的痛苦”，反复听见类似的宽阔心胸的词句，可我该去对谁进行这样的索取呢。

悲剧发生了，没人是故意的，每一个都是可怜的受害者，所以理当互相体谅彼此慰藉，然后所有不幸都会像握在手里的碎冰那样消融——

我不认为是这样。

没有这样简单。

失去了温度的手，冻僵的双手上一片雪花也会停留更长时间，迟迟不见融化。

为了拍摄考试用的报名照，学校在电教室内请来了摄影师。每个班被轮流拉去。我排在队伍里，等待的时候便与人一起站在走廊上闲聊。这是十几天阴雨后的首次放晴，阳光照耀着潮湿的树木几乎显得刺眼。

朋友拿出小镜子，为了在照片上留下最好的表情，女生们大都会进行先前的揣摩。我习惯地损她两句“死样”，但她不受打击，打理着刘海征询我的意见：“怎么样？”

“嗯，差不多了。”

“OK。”她照着镜子，“唔……你有没有发觉，我笑起来的时候总是会露出右边两颗牙齿啊？我是不是歪嘴巴呀？”

“有吗？”

朋友比拟出笑脸冲着我，然后再问：“是吧？是这里——露出牙齿了吗。”

“嗯……没什么大不了的吧。”

“我还是抿嘴笑好了……不过这样显得下巴就不够尖了欸……”朋友很是为难似的。

轮到我坐在灯光下，摄影师站在前面，另一位似乎是他的助手在看管着电脑，每拍一张都会即时输送到屏幕上。

“头再稍微抬起来一些。”摄影师对我说。

“稍——微再抬一点点。

“可以笑一下。

“笑一点。

“笑一笑。”

我听见了快门声。

离开前走到电脑旁边查看，助手一张张按着我的照片。“好了。”他说。

在蓝色背景上，我看到自己的脸，因为灯光，额头和鼻梁都过亮着，皮肤也由此显得不像平时似的偏黑。眼睛看着前方。

没有微笑。

我以为自己在快门响起时，的确弯过嘴角露出笑意的，但那一部分的以为，显然和事实出现了偏差。

照片上是数年来，生活在那个家庭里的自己。

灰白色没有表情的像。

歌姬

笛安

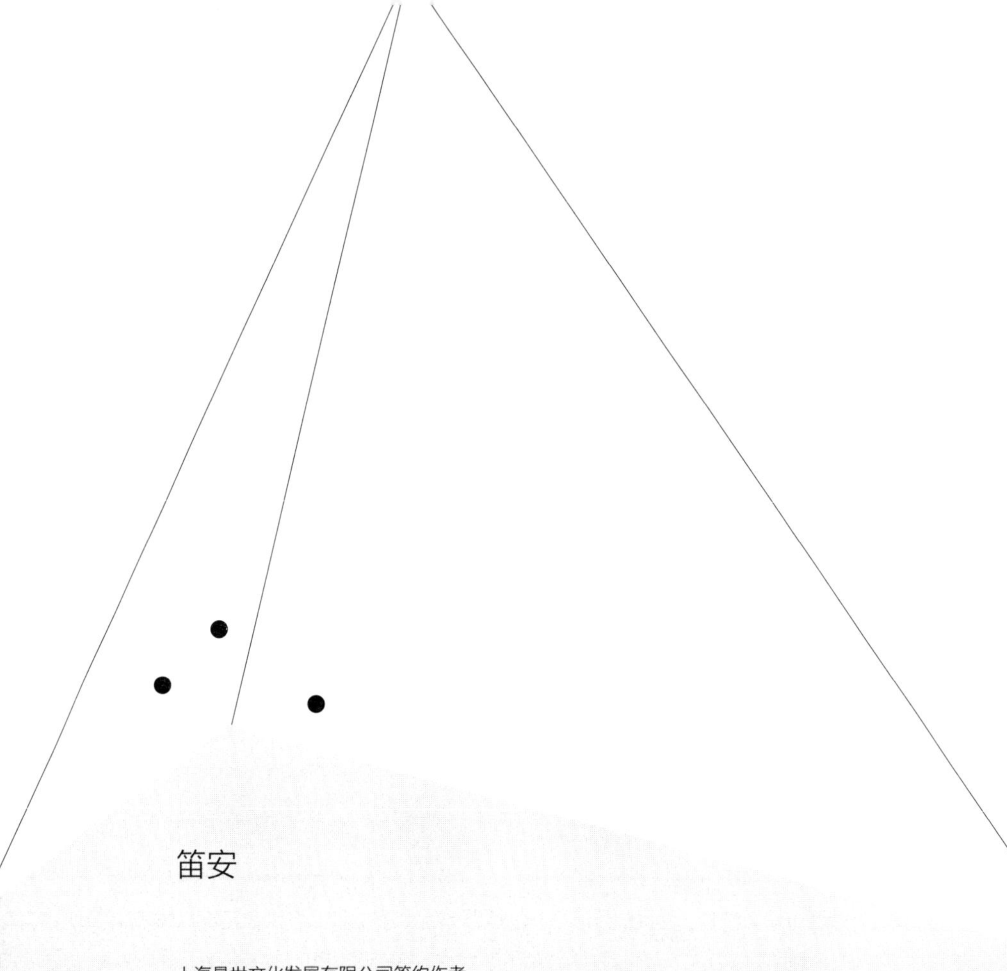

笛安

上海最世文化发展有限公司签约作者

我写的故事都是假的，但我知道你会相信。

已出版作品：《西决》《东霓》《南音》《妩媚航班》《告别天堂》《芙蓉如面柳如眉》《南方有令秧》

我已经不记得是从什么时候起，总之，是很早的时候吧，我就固执地相信：等我长大以后，我会颠倒众生。

别问我为什么，也别问我凭什么，总之我就是知道。我出第一张专辑的时候，《娱乐周刊》的王牌记者问我一个已经被问了一千次的问题："你为什么要唱歌？"我愣了一下，对他笑笑，然后我说了真话："因为我知道我会颠倒众生。

那不是我的奢望或者梦想，那是我的责任。"

他愣了一下。我深深看着他惊讶的眼睛，对他笑，笑得他莫名其妙。

采访结束的时候他说："别忘了，你还没有真的大红大紫。"

我说："我会的。"

那是三年前的事情了。我坐在荒凉和颓败的时间里眺望着三年前口出狂言的我，宽容地微笑，然后缓缓地叹口气，点上一支烟——我得好好享受这支烟，最后一支了。十元钱一包的万宝路已经不是我能负担得起的。抽完这支，我就得乖乖地到楼下的小超市里，去买一盒四元钱的白沙，或者别的什么。

这个陌生的地方名叫龙城。最普通的北方城市里最普通的小区通常就是这样的景致。嘈杂的孩子，悠闲的老人，偶尔几只小狗跑进跑出。永远有那么一段路是应该修整的，永远有那么几栋居民楼看着像是要塌了。活得有滋有味的人们从这看似废墟的建筑物里鲜活地进进出出。那时候我还自作多情地担心过，会不会有人突然之间把我认出来，比如我的房东，或者我的邻居。为此我还故意穿得很随便，也不化妆。以前的那些衣服都藏在箱子里。显然我多虑了，没什么人认出我，因为如我这般，唱过几首歌就销声匿迹的女人太多了。我房东的女儿来收房租的时候，非常开心地指着我墙角的LV旅行箱说，在哪里买到的，仿得这么像。

于是我知道，我真的可以在这个地方好好躲藏一段时间。复出的时候我就可以非常装腔作势地告诉大家，我去丽江和大理隐居了半年。其实也不完全算撒谎，大隐隐于市嘛。

逼仄的小超市里的气息让我作呕。浓重的，混杂的，说不上来什么味道的，很浊。总而言之，没有什么比这种小店里的气味更能提醒我，我逃不开我认为我一定能逃开的生活。我曾经胜利在望，但终究功亏一篑。

这里的食品是自己拿了结账的，但烟酒还是要到柜台买。

我放了一张十元钱。还没来得及开口，老板娘就把一包白色万宝路放在我面前。我觉得我脸红了，但是我不得不说："今天要两包白沙，换换口味。"

老板娘深深地看了我一眼，微微一笑。她是个艳丽的女人，我看不出她多大，当我的生活顺风顺水的时候，我会愉快地嫉恨像她那样饱满和错落有致的胸部。她拿出两包白沙扔在柜台上，找了我两元钱的时候顺便把两包我常买的牛肉干推到我面前：“赠品。”她简短地说：“谢谢你常常来照顾我生意。”

我笑笑。我自认为还不至于落魄得这么明显，但是我明白，她已经看出来我再也不会来买白色万宝路。

可是我会东山再起。我还能唱。我慢慢地打量着离我不远处那些堆积起来的月饼盒，至少我还存着妄想。

“你不是本地人吧。”她开始和我攀谈了。用的是疑问句，不过却是毋庸置疑的语气。

“不是。”我笑笑，“我是来看我老公的。住一段时间就回去。”

“噢，你老公好福气哦。”她看着我，“你这么漂亮。”

“你老公做什么的？”问题果然来了。

“在一个公司做销售，是暂时被派到龙城。”我撕开牛肉干的包装袋，“我们是大学同学，毕业后就结了婚。”——她当然没有这么问我，但是撒谎的时候，稍微添加一点细节是好的。

“了不起哦，大学生。”她的赞美像是言不由衷。

“大学生值什么钱？”我像所有女人那样熟练地自我贬低，“像我老公，给公司做销售，全中国地跑，什么穷乡僻壤都去过了。累得贼死，钱不过那么一点点。哪比得上你，一个小店，可是自己当老板。”

“开玩笑喽。”她笑得前仰后合，“你可真会说话。我和你们这种人比，什么文化都没有，哪能做什么体面的活儿。”

天边滚过一阵遥远的闷雷。我在这个陌生的龙城总算有了一个认识的人。平日里我足不出户，唯一接触的人恐怕就是她。她说话很生动，能把一件简单的事情讲得很有趣。我知道了她的名字叫苏艳。我知道了她原来是桑拿房的按摩小姐，攒了些钱后金盆洗手，安心地经营这个小店。渐渐地，她开始关心我的气色，开始劝我不要总是抽烟，因为抽烟的女人会不容易受孕，也开始劝我看牢我的老公，因为总在外面跑的男人难免会偷腥——她以一个曾经的按摩小姐的职业经验向我保证这个。

她知道我是大学生，我的确是，不过我没有告诉她我的学士文凭是英国诺丁汉大学颁发的，每一个学分都是我自己读出来的，绝对不掺假。她知道我不过是来这个城市暂住，不过她不知道我其实是来躲藏的，我害怕太多的人找到我。她知道我是来看望我的老公，虽然她也有点好奇为何来她这里买东西的都是我，我的老公她从来没见过，但她毕竟没有提出任何问题。可是她依然不知道，我不是来看那个男人，我只是来试着寻找他，我们在法律上并没有任何关系，我也不知道我们还能不能见面。

所以，隐藏真相最好的办法之一是只说一点点事实，那可以制造比纯粹的谎言好得多的效果。

昨天晚上我又梦见了三年前的自己。我梦见了我第一次在电视台的大演播厅里登台的情形。这些年来，有很多渴望成名的女孩子来参加这些形形色色的电视选秀，虽然极少有人麻雀变凤凰，但是，总是一个希望。我就是一个那样的女孩子，我没有在一夜间红透大江南北，但是我进入了最后的十强。我拿到了唱片公司的合约，算是比很多人幸运了。是的，炫目的灯光打下来，我几乎看不清台下那些脸，他们似乎变成了阴暗丛林里没有表情，只是被风吹得四处飘摇的野草。飞舞其间的荧光棒就是生命短暂的萤火虫。我笑笑，想，这应该就跟我把眼睛闭起来的感觉差不多吧。

然后我就开始唱了。我想象我是在闭着眼睛。我想象我其实什么也没看见，眼前只是一片刺眼的、辉煌的金色。睫毛像是跳脱的野兔那样一刻也不肯安宁，天地间全是沉寂，只有我的声音慢慢流淌出来，湿润的，涓涓不止的，像流畅的眼泪。

在那种时候掌声就像潮水一样，变成了某种自然界里亘古存在的东西。悠久，强大，不必追寻其意义。那样的掌声里，谁会想到我有今天。

在次日的报纸娱乐版上我看到了自己，那是我唱歌的时候，是我自己以为我的眼睛什么也看不到的时候。但其实它们大大地睁着，有些迷惑，不过黑白分明。照片下面的新闻标题是，廖芸芸的迷人微笑。

那是上辈子的事情了吧。后来都发生过什么呢。我出了第一张，也是唯一一张专辑，卖得不好，公司里的高层们在争论到底要不要继续力捧我。再后来我去给一些不入流的化妆品拍过广告做过代言，最后，我遇见了众生。何众生，我如今跨了大半个中国寻找的人。

我梦见我慢慢地抓住他的手，他的手指冰冷但是修长。我把它放在我的脸上，来回地摩挲，我语气讽刺地说："我的唱片卖不出去。我还以为，我能颠倒众生呢。"

他的手仿佛拥有独立的生命。他的深呼吸也仿佛是自由而不听从他支配的。战栗的温暖一点点从我的脸颊，渗透到了头颅里居住思想和情感的那片黑暗中。他说："你已经做到了，你颠倒了我。"

然后我就醒了。大汗淋漓。噩梦。我嘲笑自己。爬起来点上烟，心脏就像个秋千那样，摇晃着恨不能飞起来。

这时候有人敲门。是苏艳来了。

"下午四点你睡的这算是什么觉。"她惊讶地看着我凌乱的头发和脚上因为忙乱而穿反了的拖鞋。

我不回答，有些惊讶她怎么找到我住哪里。不过这种老旧的小区里，差不多每个人都认识每个人，打听一个新来租房子的女人不是难事。

她带着几个饭盒，还有两瓶啤酒。

"请你吃饭。"她笑笑，"没钱请你去大酒楼。不过尝尝龙城的特产也蛮好。新鲜的凉粉，我知道哪家的最好吃。”

我慌乱地梳头，再手忙脚乱地穿上一件长袖开衫。我惧怕一切突如其来的事情，哪怕是一个不请自来的客人。

她开始摆碗筷，熟练得不像是个外人。她一边摆，一边不慌不忙地说：“刚才有几个警察到我店里来，拿着你的照片，问我见过你没有。”

我就是在这一瞬间把手里的口红涂到了下巴上。一道刺目狰狞的玫瑰红，像是刚刚封了针的疤。

“我说，见过。不过你前两天已经搬走了。你本来就是暂住。他们问我知不知道你搬到哪儿去了。我说不大清楚，不过应该没有离开龙城，听说是想在龙城南边靠近郊区的地方找个房子。”

我仓促地说：“谢谢。”然后使劲抹了一把下巴。颜色扩散了，把我晕染成一个可笑的模样。我拖出墙角的箱子，急匆匆地说：“苏艳，我要走了。”

她微微一笑，按住了我的手：“慌什么。你的房东全在外地，谁能证明你没搬走？这些天你二十四小时待在这儿就行，一步也不要离开。饭我想办法给你送上来。那些警察就算是不放心，最多在这儿盯几天，再跑到龙城南边找几天，也就完了。下个礼拜我有个朋友要到内蒙古去运货，我让你坐他的车。等你到了那边，再自己想办法。我只能为你做这么多了。”

“已经够多了。”我怔怔地看着她，“你为什么要帮我，苏艳？你不怕我是杀人犯？”你不怕我会连累你？”

“我读书自然没你多，可这些事儿上你听我的没错。”她答非所问，把啤酒斟满了我的杯子，“几年前我发短信给你投过票呢，廖芸芸。你唱得真好，也不知道那些评委是怎么想的，要让你出局。”

我终于遇上了一个记得我的人。

我不知道她为什么不问我任何问题，不问我到底做了什么值得被警察找的事情。而我，不是没有怀疑过她现在帮我是否有什么目的，可是我除了信任她，已经没有别的选择了。

我总是这样，把自己推到没有选择的地方去。

几天里我蜷缩在这个阴暗的蜗居，吃盒饭，发呆，抽烟，回忆。我不怎么紧张和害怕，不知道为什么，我甚至期待着警察突然破门而入给我戴上明亮的手铐。我觉得那种被人破门而入然后手到擒来的感觉充满了激情。只是我还是得逃跑，我必须逃跑。一个被追捕的人乖乖地束手就擒总是有点不像话，更何况，我还没有见到众生。

来给我送盒饭的是一个小孩，我是说，自从那天苏艳来过了之后，我每天接触的人就是这个小家伙。一个看上去面容很严肃的小男孩。说是六岁，但我自己十六岁的时候都不会那么透彻地盯着人家看。

小孩子把两个白色的塑料饭盒放在桌上，然后有条不紊地从裤兜里掏出一包烟，放好，然后很安静地转身朝门边走。似乎当我不存在。

“等一下，”我叫住他，把一张钞票递给他，“交给你妈妈。”

“妈妈说了，不要，不然她会揍我的。”小男孩面无表情。

“那你那去买雪糕吃。”

他又是淡淡地一笑：“我不喜欢吃雪糕。”然后他抬起头看着我：“我已经上小学了，你别当我是幼儿园大班的小朋友。”

“噢，原来已经是小学生了，失敬失敬。”我真的被他逗笑了。

“我妈妈说，”他看着我，突然有点羞涩，“她想要你的签名。要是有一张签名的 CD 就更好了。”

就在他话音刚落的时候，苏艳和窗外火红的晚霞一起匆匆地闯了进来。门被推开，震得窗子嗡嗡地响。恍惚间，我以为满天泛着金色的晚霞就像洪水一样要骚动地破窗而入。完了，我平静地想，或者我终究逃不过去，或者警察就在门外等着我。

哪知道苏艳急促地说：“芸芸，事情有变化了，我那个朋友必须今天起程去内蒙古。晚上他来接你，你现在收拾东西还来得及。我帮你，应该还剩下三四个小时。”

就这样，我又要上路逃亡。去内蒙古，我从来没想过自己会去的地方。

“真多亏了你那个朋友，不知道怎么谢谢他。”我一边打开箱子，一边淡淡地说。

“谢？你别开玩笑了。”苏艳不屑地啐了一口，“你以为他是什么好鸟不成？这种事情他不是第一次做，当然不是白做的。”

“要付钱的吗？”我不放心地把手伸进箱子的夹层，那个放钱的信封越来越薄了。

“放一百二十个心吧。”苏艳的笑容明晃晃的，“他敢跟你要钱，我就不让他见儿子。”说着，眼角向着男孩瞟了瞟。

“原来如此。”我笑笑。

“一开始我死活不承认儿子是他的。”苏艳一边帮我叠衣服，一边轻松地说，“我说你凭什么说是你的，我跟那么多男人睡过我自己都不知道他是谁的种，这就是我苏艳一个人的儿子，我自己造的孽我自己来担着，你知道我后来为什么终于承认了是他的孩子，笑死人了——”

我打断了眉飞色舞的她：“你当着孩子怎么能说这些话呢。”我发现我跟她说话的口吻已经有了莫名其妙的改变，亲昵得像是同性朋友之间的那种惯常的责备。

“我什么都不怕我儿子知道。”她正色，“你应该不是这么长大的，我看得出。你一定是从那种——把海子放进玻璃温室里的人家出来的。我不同，我没那个时间和条件去供着一个孩子，大人的事情他越早知道越好。”

“苏艳，”我有些不自然地笑笑，“喝一杯吧，说不定是最后一杯了。”

她说：“好的。”

夕阳慢慢地沉淀在了所有人的眼睛里。黄昏是一个奇妙的时刻。似乎任何人和任何人之间都可能产生深刻的感情。

我们一起吃了最后的晚餐。我，苏艳，还有小孩。啤酒，小餐，辣椒酱，若不是我这么仓皇和狼狈，这该是个多么完美无缺的夏夜。

“我不问你是怎么走到这一步的。”她深深地看着我，“我想应该和男人有关系。我看得出。”她诡秘地一笑，“我闻得出被男人坑苦了的女人，身上的味道。”

“其实一开始我也没有骗你。”我喝干净面前的杯子，“我是来找他的。他是这里的人。他在龙城长大。我最后一次见他的时候他说他想回来看看，然后再想别的办法躲起来。第二天就消失得连影子都没了。”

“龙城不是个大城市。”苏艳若有所思，“你告诉我他的名字，我托各路的朋友打听打听，说不定会有点线索。”

“众生，何众生。”

“我可以帮你问问。只要他最近真的回来过，总是会有人知道的。他若是真的犯了事情躲条子，不可能不让别人帮忙。不过也不一定，要看他犯的是什么事情……”苏艳凝视着我，“我能不能问？”

能。当然能。只是我不知道从什么地方说起。我其实是突然之间决定参加电视选秀的。在那之前，我一直以为唱歌不过是我的爱好，从来没有想过以此为生。

我家境很好的，从小到大都念的是最好的学校，包括后来家里送我到英国念了四年书，拿到了大学文凭。我长得漂亮，成绩也一直过得去，我性格文静，我是个乖孩子，从初中的时候起就一直有男孩子追我。没错的，听上去一切都很好，天时地利人和，我很容易就能拥有不错的一辈子。

但是一切是怎么开始的呢？那时候我刚从英国回来，在一个不错的地方上班。世界闻名的会计事务所。每天早上八点半，听着大楼前厅一片整齐清脆的高跟鞋敲击大理石地面的声音，会有那么一瞬间的自我陶醉。在那一瞬间里觉得自己永远会这样清脆地走下去。

有一天我站在办公室里复印文件。对的，那是很重要的一天。一大摞文件等着复印，渐渐地，变成了机械性的劳动。眼神涣散开了，心智也一样。后来，我和众生的第一个晚上，我莫名其妙地问他："你有没有好好看过复印机工作的时候是什么样子的？"

先是一道绿光。我想对于它体内的那些洁白纸张来说，那道绿光带着毒，就像我们人类说的辐射。然后一张白纸就被杀死了，然后复印机缓缓地把它吐出来。它死了，它变成了那个原件的复制品。它的尸体上余温尚存。真的，你有仔细抚摸过刚刚复印好的东西吗，它们都是温热的。那些刚刚喷上去的墨，就是它们的血。

我就是那个控制绿光的人，是行刑时的刽子手。我一下一下地按动着复印机的按钮，享受生杀予夺的控制权。突然间，麻木的大脑里一片空寂。我就是在那个时候明白了，原来我受的教育，我从小到大受过的那些最好的教育都没能真正驯服我。从来都没能合理地解释我心里有一个最有力和野蛮的渴望。然后，我听见了音乐。最开始时隐隐约约的，然后是大张旗鼓的。那种隐秘的激动就像某种艳丽的植物，突如其来，莫名其妙地在我的灵魂深处绽放。它绽放的一瞬间，我才看清原来我的灵魂是一片已经龟裂的千里赤地。就这么说吧，那时候的我，并没有完全清晰地明白我真正想要什么，但是我却是无比清楚地明白了，我拥有的所有都不是我最想要的。

然后我就火速辞了职，再然后就去报名参赛了。

没有人能够明白。我也解释不清楚我为什么要这么做。我总不能告诉大家是因为复印机里面的那道绿光。只有我爸爸很疑惑地看着我，最终说："算了，可能是留学那几年太闷了。让她去玩一下好了，工作还可以再找的。"

听到这里的时候苏艳的眼睛睁圆了。"我的老天爷。"她嚷着，重重地把杯子顿在桌上，"怎么可能呢？有的人怎么就能像你一样活着呢？你还造什么孽呢。"

"骂我吧，苏艳。"我气定神闲。

"算了。"她颓丧地挥手，"老天爷是公平的，你也有今天。"

夜幕已经来临了。简陋的餐桌上，杯盘狼藉也是简陋的。

小男孩在一边安然地吃着一支棒棒糖。他已经忘记了他不再是幼儿园大班的小朋友。

苏艳的眼神越来越朦胧："他应该是一个很讨女人喜欢的男人吧，我说你的众生。"她疲倦地微笑，"一定是这样，我有经验。你也不是那种没见过世面的女人。能把你弄得团团转，肯定有点过人的地方。"

"说穿了，是很简单的。"我点上一支烟，"两三句就能讲完，连一支烟的工夫都不用。他是个在女人身上找生活的男人。我认识他的时候，他骗我说他是个什么减肥美容产品公司的副经理。后来我和他睡觉了，我和他好了，我动真的了。他要我给他们的产品做广告。我只不过是唱片公司的小艺人，我根本不能不经过公司同意擅自接活儿的，可是我发了昏，我就答应了。再后来，事情爆发了。"我笑笑："他那个所谓的公司只有他一个人，卖的东西吃死了人。闹大了以后我的公司要告我违反合约，死者的家属也要告我。总之就是，我这辈子基本算是完了。然后他就消失了，我就开始一边东躲西藏，一边找他。就这样，你看，说完了，我的这支烟才烧到这里而已。"

"这么回事。"苏艳同意地叹气，"法律的事情我是不大懂。不过其实你也是被骗的。不能说清楚吗？"

"但是我去拍广告的手续完全不对，就算被骗也有责任要追究。我去拍的时候不是不知道有些事情不对头，只不过，那时我真的是疯了，我不知道为什么我能这么疯。我的公司更不会放过我的。除了跑，除了找到他，我不知道我还能做什么。”

“找到他又能怎么样呢？你杀了他不成？”

“我不知道，苏艳，你别问我，我真的不知道。”突然之间，我就悲从中来了。

“只是苦了你的父母了。”她长叹，“要是有一天，我知道我儿子被人骗，然后被警察追——”她笑起来，表情很妩媚，“那可真够我受得。”

“倒也还好。”我看着她，“不幸中的万幸，我已经没有父母了，他们看不见我现在的样子。”

在二十强进十强的晋级赛那天晚上，我知道我变成了孤儿。神明突然决定了给我的命运来一场龙卷风，拿走所有的一切。在后台的化妆间里，我接到了电话。我爸爸的公司在短短几天里就要破产结算，其他的股东们纷纷跳出来挖最后的一点墙角。我爸爸心脏病复发，走得倒是没有痛苦。我妈妈神思恍惚地从医院走出来，她可能只是想走到对街去给我打个电话，但是一辆出租车撞倒了违反交通规则的她。依然可以用几句话，就说完了。

我挂断电话的时候，整个人都被掏空了。我觉得我应该哭、应该喊、应该号啕、应该晕倒，应该茫然若失地掐自己一下看看这是不是梦，但是我什么都没做。我呆呆地凝视着巨大镜子里的自己，穿着上台的服装，抹着鲜丽的口红，眼睛周围画着浓重的阴影。一滴眼泪都没有掉，因为我突然觉得一阵奇妙的轻盈对我席卷而来，我沉重的肉体和灵魂都离我而去了，都随着我父母一起烟消云散了。我变成了镜子里面那个蝴蝶一般艳丽的歌姬。其实那个名叫廖芸芸的，一夜之间一无所有的女孩不过是这个歌姬的幻象，这个镜子里的蝴蝶是我廖芸芸苦苦做了很多年的南柯一梦。

既然我什么都失去了，既然已经没有什么可以失去了，还在乎什么呢，还怕什么呢。归根结底，人生原本是幻象，归根结底，人们追的不过也是幻象。唱歌，唱歌吧。所有的幻象都能在那一瞬间变成握得住的，那个瞬间的名字，就叫颠倒众生。

然后导播过来了，要我准备上台。

这世上其他的人根本不知道发生了什么。但是，这人间已经换了，像换外套一样，轻盈地天翻地覆。一种强大的、坚硬的东西主宰了廖芸芸，那是种幻灭感，或者说，是幻灭尽头的自由，熊熊燃烧，坚不可摧，甚至抵挡了失去骨肉至亲的疼痛。

于是我走上台去，我开始唱。以前我只知道唱歌是唱歌，可是直到那一天我才知道，我不是在唱，我是在让自己分崩离析。我的身体，我整个生命都变得柔弱无骨，任由我的声音随意地搓揉，就像一团泥巴，不在乎自己被塑成什么形状，也没有发言权。那个令人屏息静气的天籁，到底是我的声音呢，还是我的命运呢，为何我的意志这么听话，这么温暖，这么逆来顺受地接受它的摆布？你们欢呼吧，你们鼓掌吧，你们除了欢呼鼓掌还能做什么呢，我就是你们在那个可怜的，全是幻觉的生命里能看到的最美的幻觉，负负得正，我就是唯一的真实。

可能是在那天，我才知道那道绿光是什么。是盼望。是让自己再也不是自己的，飞翔起来的盼望。我终于铁了心追逐得不到的东西了，我终于受到惩罚了，我终于一无所有了，我终于自由了。

当我发现我自己的脸上有两行泪的时候，音乐结束了。我什么都听不见了。欢呼，掌声，主持人的吹捧，评委们的惊喜。以及结束之后唱片公司的老板执意要马上去咖啡馆，为了讨论合约的细节。

我迟钝地说我想早点离开。我必须回家一趟，我没有说我得回家料理两个人的丧事以及一个烂摊子。导播惊讶地拍拍我的肩膀：“有什么事情能让你现在必须回家？这张合同是你一辈子最重要的事情了。”

不，不是。除了唱歌，没什么是最重要的事情。合同，专辑，名利，全是狗屎。只不过为了能一直唱下去，我必须得到这些东西。

就在那天晚上，我看见了众生。

我们一群人坐在咖啡厅的包厢里，唱片公司的人，和被他们看好的新晋歌手。他们簇拥着我，告诉我我拥有光明的未来。比光明还光明，简直耀眼。虽然我只是十强，虽然不知道往后的比赛我能走多远，但是他们就是看中我了……

我去洗手间的时候，在楼梯拐角的钢琴边，看见了他。

他像是从天而降，像是遗世孤立。他对我粲然一笑。他的英俊不是那种偶像小生的感觉，他的帅气非常真实，让你相信这样的英气来源于饮食男女的生活。他很会穿衣服。更重要的是，他熟稔地、不卑不亢地对我说："你就是廖芸芸，我认得你。"

我认得你。他这样说。仿佛他早已认得我很多年。

事情就这样发生了。后来的事情也随着一件件发生了。

苏艳用力地捏了捏我的手腕："好了，好了。可怜的孩子。什么都别再想。我全懂了。他是你命里的劫数，唱歌也是你命里的劫数。你呀——"这句"你呀"真是荡气回肠。苏艳伸出手，摸摸我额角的头发："你呀，你知不知道我见过好多赌棍？其实有的人虽然爱赌，可是他知道什么时候该玩什么时候不该。有的人不行，就像是被鬼附了身，不惨到底就绝对不放手，到最后活得像头牲口。你就是那后一种人。这跟人品好坏没有关系，也跟懂不懂道理没有关系，有的人生下来心里就有一个能把持自己的阀门，有的人生下来就没有。芸芸，你好苦。"

"苏艳。"我对她笑，"大恩不言谢。"

"算了吧。"她也笑了，"我帮你，纯粹是因为当初我喜欢听你唱。

你颠倒不了众生，你连一个叫众生的男人都搞不定。可是你至少碰上了我，碰上了一个因为听过你唱歌就愿意帮你逃跑的人。”

“足够了。”我淡淡地说。

“不是真心话吧。”苏艳一针见血，“你这样的人，什么时候也不懂得知足的。”

“谁说的。”我不同意，“苏艳你能明白吗？我也是后来才想明白我为什么要唱歌。因为，”我笨拙地解释着，“比如说，小时候人们听说了我学校的名字才会夸奖我，长大了人们听见你上班的公司名字才会认为你是精英，你这个人是因为那些标签才有意义。或者说，那些标签永远在那里，被谁贴上了谁就了不起。我不要那个，我厌倦了那套。唱歌就不一样，别人会因为一些歌永远记住我，记住廖芸芸，廖芸芸这个人就是干干净净的三个字，不是什么学校的学生，不是什么机构的职员，提起那些歌，就是属于廖芸芸的。人生很短的，我不要再去迁就别人的标签，我得自己变成那个制造标签的人，苏艳，我说清楚了没有啊？”

我手指微颤，按灭了烟蒂。

“芸芸，你要得太多了。”她摇头，“做人不可以这么贪的。”

然后我们都听见了敲门声，我的另一个救星终于到了。

“叫他大伟就行。”苏艳看着那个高大、黝黑的男人。

他看了我一眼，毫不掩饰他的惊喜。

“我听苏艳说了，你是明星。”他说，像是要掩饰自己的窘迫，拿起桌上的一瓶啤酒，用牙咬开了盖子。

“你敢喝。”苏艳呵斥他，“你在路上摔死了不要紧，你要是让芸芸有了闪失我要你的狗命。”

他讪讪地，用粗大的手指摸摸浑圆的额头，对沉默的小男孩说：“二字，去给爸爸拿瓶汽水来。”

小男孩纹丝不动，眼皮都不抬一下。

“谁是你儿子。”苏艳继续啐他。

他呵呵地笑着，不以为意。

“该上路了。”苏艳握了握我冰冷的手，“一路当心。到了内蒙古你就得自己想办法了，放心，我会帮你留意他的消息的。万一他回来过，我会找人想办法带话，告诉你他在哪里。”

“我真舍不得你。”我说的是真心话。

“不会再见面了。”苏艳爽利地说，“要不是你这么匆忙，真想跟你要张CD呢。”

“我什么都没带出来。”我抱歉地说，然后，突然间灵机一动，“不过我可以给你唱。”

“真的呀。”她的眼睛也亮了，“那真是太好了，我怎么没想到呢。”

于是，我就唱了。我在这个荒凉的城市荒凉的夜晚里，面对着三个萍水相逢的人，唱歌。

我唱的是我那张卖得不好的专辑里的歌，不是主打歌，却是我自己最喜欢的。叫《过路人》：

想起你，海浪的声音就在回荡；

吻我吧，别在乎那个过路人的眼光。

过路人，你为什么不走远，

难道说，你看见一对恋人让你黯然神伤。

过路人，你知道我和他就要永别吗，

过路人，你是不是已经看出我眼里的沧桑。

过路人，你是否想起了自己年轻的时候，

过路人，别告诉我你知道的真相。

我只想让他抱紧我，带着我飞翔；

我只想从天上掉下来，掉进深深的海洋。

过路人，你是否了解眷恋的另一个名字叫绝望，

哀伤的过路人，你是不是我死去亲人的灵魂，

贫穷的过路人，你潦倒的衣襟上有颗纽扣在摇晃，

就像地平线上，苍白的太阳。

我唱完了。满室寂静。然后我听见了零零落落的掌声。小男孩笑着，把屋角的一朵塑料花拿来给我。苏艳含着眼泪，紧紧地拥抱了我一

下，我们异口同声地在彼此的耳边说："谢谢。"

于是我又要起程了。在夜色中，运货的大卡车发动的声音让人觉得很安全。

想起我们会在夜色中奔驰在公路上，就又让我觉得激动了，我又一次开始期待警察开着车在后面追我们，我们逃窜的时候和大卡车一起在山涧里面飞翔。如果我对人生还可以有什么期盼的话，我期盼，我能够死在黑暗的睡梦中。

我身边的驾驶座上，那个大伟有些羞涩地开口："不瞒你说，刚才第一眼看到你的时候，我还想着，这一路上，说不定我能找到个机会，把你给弄了。"

"弄了？"我不解。

"就是占你便宜。"他笑了，我一直看着窗外，不想去看他脸上的表情，"但是现在你可以放心了。我一定把你安全地送到地方。"

"为什么呢？"

"因为你唱得那么好听，你看见了吗，我的女人，我的儿子，都那么喜欢你。"

眼泪在这个时候倾泻而下。"谢谢。"我小声地说。我没有想到，其实我最初的梦想，还是完成了。

格林

安东尼

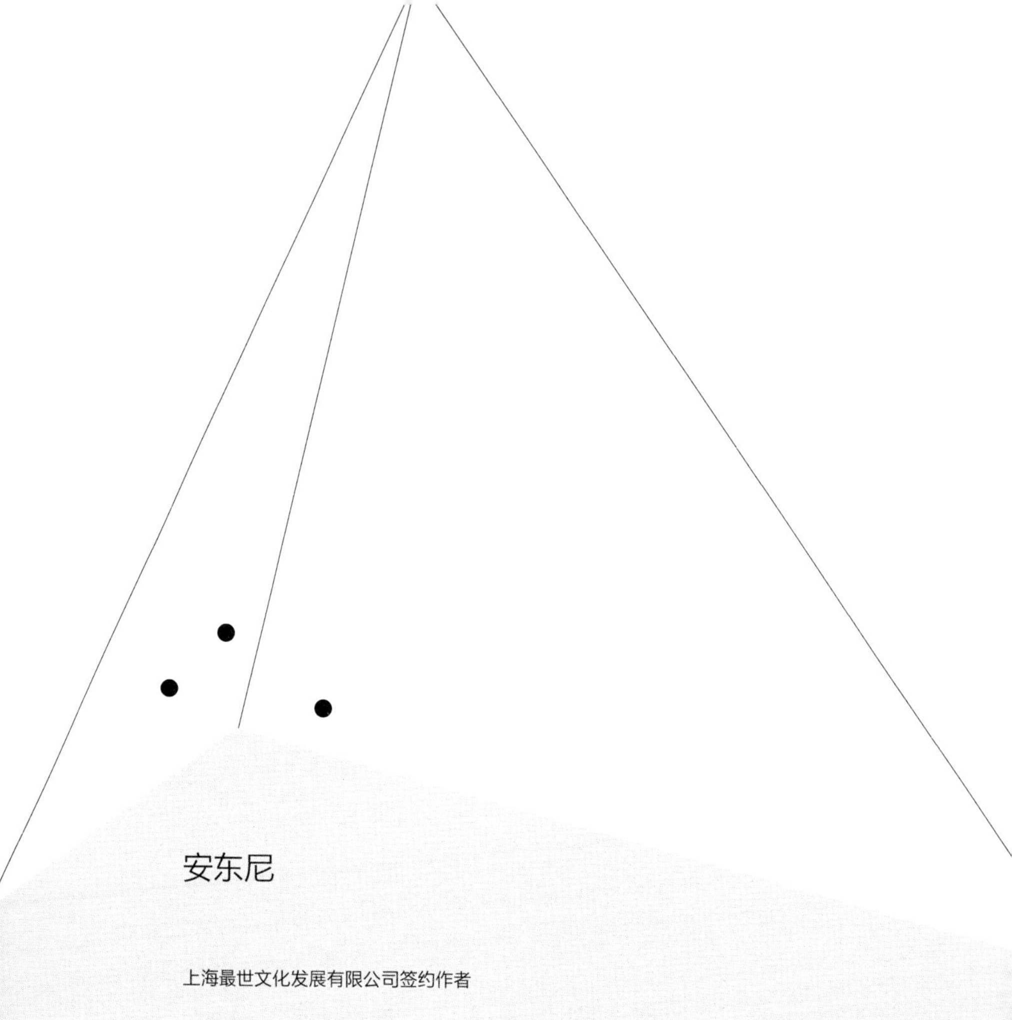

安东尼

上海最世文化发展有限公司签约作者

卧室写字 厨房工作 心中有爱 脚下有风

已出版作品：《红——陪安东尼度过漫长岁月Ⅰ》《橙——陪安东尼度过漫长岁月Ⅱ》《黄——陪安东尼度过漫长岁月Ⅲ》《这些 都是你给我的爱》《这些 都是你给我的爱Ⅱ云治》《尔本》

[2012 年 2 月 4 日 还是顺利 take off 了 T T]

半夜 11 点钟拖着旅行箱去机场 坐香港转机的飞机去台湾 我把去香港台湾的机票给编辑看的时候 卡卡说哇尼尼我们在香港坐同一班飞机去台湾太好了

在机场 check in 的时候 我和柜台的服务员说 请帮我安排靠前面的位置 飞机每一节最前面的座位空间比较大能伸开脚 通常地勤会安排这里的座位给带小孩的旅客

算是要到了前面的位置 结果旁边就坐了一对带小孩的夫妇 我一上飞机的时候有点困 系上安全带以后就睡着了 再醒来的时候飞机已经到了平流层 机舱服务人员开始送餐 我把扶手里面的小电视拉出来一边看一个造房的外国电视节目 一边吃东西 身边的妈妈开始逗小孩玩 那个小孩子很吵 他妈妈童声童气地和他玩 比他还吵 我一边看电影一边默默地想 以后我有了小孩一定好好和他说话 用正常的口吻

就这样 吵着 颠簸着 我一晚上没睡看了三部电影几个专题片一会儿书 吃了两个苹果 飞机在早上抵达了香港

我要在香港机场等四个小时 所以就开始逛逛 之前小青和我说因为汇率关系 如果在香港用银联卡买东西很合算的 我买了几件衣服 路过卖表的地方停下来看了看 这个时候一个阿姨操着 TVB 里亲妈那样的口音问我 是不是想买表 我说不是 我就看看 然后她说机场买表很便宜的 她问我喜欢哪种表链 什么样子的表 一边说一边拿出几个就要给我戴上 我想着反正也是闲着就看看 然后戴了几块以后 选了一个说这个还不错 她说是呀 这个是这个牌子的手表里性价比很好的一块 她说男孩子总要有块好表的 我有点动摇 问了下价格 结果想逃走 我说这个太贵了 我戴在手上的这块卡西欧五年了 也挺好的 她说你等等我去问问老板 因为试了很久阿姨也很热情 我不好意思走 结果过了一会儿那个阿姨回来说她被老板说了一通 不过还能给我便宜 1500 港币 我装作镇定 想着卡里可能也没那么多钱（国内银联

卡我很久没用了不知道里面有多少钱）也实在不好意思走掉 硬着头皮刷卡 zizizizi 打印出来了 orz 阿姨说 小伙子你一定会喜欢的 我谢谢她给我的价格 她帮我调好时间 我直接就戴上了 一看还有两个小时 心想不再逛了 老老实实去 gate 等着 结果在椅子上又睡着了……起来以后 赶快摸摸手表 看看还在不在 ><

[2012 年 2 月 7 日 三个火星年]

坐在 W 酒店顶层的餐厅里我在想一些事

人们经常说 It will get better 我觉得也不一定 Maybe it will get worse 不过我相信 It will get easier

[2012 年 2 月 7 日 有时候我特想用刷子刷刷头发 / 回家了]

I like this part——when you look at someone they don' t look away.

[2012 年 2 月 14 日 冰点与沸点]

情人节这天 我和 owen 一起在大连吃了火锅 后来我俩一起去看了电影 LOVE 我和欧文说 你对我才是真爱啊 他笑

回家以后妈妈就一直给我做好吃的 我的舅舅老姨家的四个表弟也特意来大连看我 大舅家的弟弟鹏在读医学院本硕连读 老姨家的弟弟大开已经在一个汽车工厂上班 是设计师 小舅家的弟弟佐在我爸爸单位的工地做测量 二舅家弟弟楠最小 在农业大学上学 给妈妈带了在花盆里就能种的向日葵种子

第二天 我带着四个弟弟去外面买东西 我说 每个人可以消费一千五 买什么都行 球鞋衣服手表什么的 开始的时候弟弟们都说不用了 就一起出去吃个饭好了 说我自己一个人在国外赚钱也不容易 我说还好了 不用客气 后来带他们出去 我们几个平均个头也有一米八了 一起往外走 老姨和妈妈在阳台的窗上往下望 一脸满足的开心笑容

我和弟弟们分了两辆车去市内 后来给鹏和佐买了衣服鞋子 大开说他不要东西要我帮他付一个月房贷 我说那个算了 不像回事儿 他说那这次就攒着下次一起买个好的 楠问我要一双旱冰鞋 我说要这个做什么 他说学校太大 可以滑着去上学 我说那你上课还要换鞋 很麻烦 他说不用 就穿旱冰鞋上课 我心想……这样不好吧 我弟弟会被排挤吧 然后就说不行不实用选个别的 然后他想了想说 那我要一个什么什么牌子的筷子 我问那个牌子的筷子哪里有 他说网上有几千元一双 我 orz 了 说你走得太远了 哥哥不懂你 要么你也等下次买个大的好了

晚上我们去南山宾馆吃日本料理 几个兄弟围成一圈喝了很多酒 大开说我小的时候总是欺负他 说什么带着他练武功 逼着他翻墙跳沟 为了增强他的内功把他放到幼儿园的转盘上 一个劲儿地转 害得他一下来就吐了 鹏还说了之前我带他和大开去北星游乐场打电动的事 说我每次都

把游戏币分得很公平 还会多给他俩一些玩 后来弟弟们总结 每次放假从沈阳或者瓦房店来大连 我都会把行程安排得很好 每天都有得玩 尽管也会打架 但是只要放假就无论如何又想来了

后来大家都有点喝多了 我举杯说以前年纪小 只是一起瞎玩惹祸 现在年纪大了就能体会到兄弟间的特殊情谊 一想到这些弟弟 就觉得很踏实 然后大家都干了杯

[2012 年 2 月 27 日 卷福与他的阿花]

来到上海 参加刀刀庆庆的婚礼 之前在日本商店给他们挑选了一套吃饭用的碗用衣服一个个包着放到行李箱里 一路来到上海 一进大厅公司的人基本都到齐了 刀刀上来迎我 她那天美极了 我把东西给了庆庆 坐了下去 席间阿亮痕痕小四落落都说了话 我埋着头吃 这时候小四忽然说 安东尼也说两句 我毫无准备 走上去拿着麦克想了想 然后紧张地小声说 刀刀和庆庆都是很好很好的人 之前在上海承蒙他俩照顾 今天能来参加他们的婚礼 觉得很开心 我觉得结婚是一件很不容易的事（开始自言自语了）个性生活习惯不同的两个人走到了一起 以后每天都要在一起 经历很多事情 有开心的也有不开心的 能当着亲朋好友的面这样承诺他就是对的人 以后我们都要在一起 看来有点幼稚又天真得

不切合实际的同时 又单纯美好得让人感动（这个时候意识到自己刚刚神游了）……[沉默] 刀刀和庆庆都是很好很好的人 他们结婚以后一定会很幸福的

我回到座位上 一边大口吃松鼠鱼 一边想 damn 刚刚说得好糟糕啊 ><

蓝颜

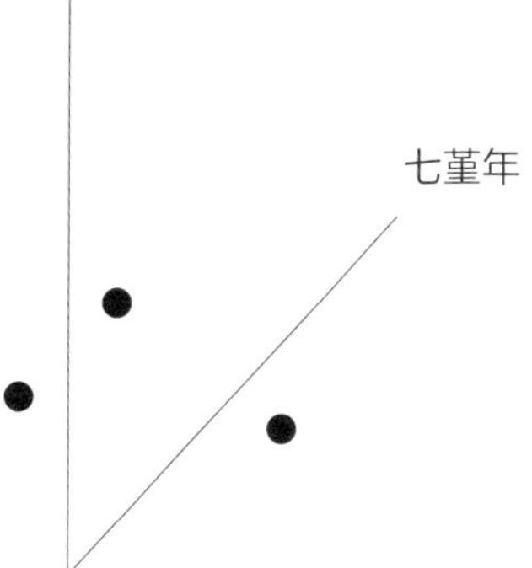

七堇年

作家

要有最朴素的生活，与最遥远的梦想。

已出版作品：《大地之灯》《被窝是青春的坟墓》《少年残像》《澜本嫁衣》《尘曲》《平生欢》《寄养》（译作）《灯下尘》

她常说的话是，只要你让我高兴了，什么都好说。

我便回她，姐姐，你这语气可是地道的嫖客。

她就像猫一样地笑，鼻梁上挤出媚人的小皱纹，有时候往死里拍我，有时候再回嘴开涮我两句。

——我原以为，我们可以就这么插科打诨糊涂过一辈子的。一辈子跟在她身边就好。

一

我爱着她的年月，一直都做着她的知己。不爱她的年月，一直都做着她的情人。

我是她知己的时候，她唯一一次遇到难处没有叫我，就出了事。

彼时她刚跟一个男人分手，换了一个男人同居，几个星期之后发现怀了孕。那同居男人其实是我朋友，也是有女朋友的人，不过女朋友在外地。我自知道他俩过去一直关系很好，暧昧起来，也是自然。只是他们总过意不去，不愿让我知道，便偷情一般背着我，甚长时间都无音讯。

那不是子君第一次怀孕。初中时代她喜欢上新来的体育实习老师，师范毕业生。上过几次课，在排练体操舞的时候，老师过来扶正她的动作。她大胆地盯着他，留恋这男子碰触她身体时的微妙感受。两个星期之后，她尾随他到单身宿舍，把情书塞进那个男子的门缝里。后来她给了他第一次，第二次，第三次……三个月之后，实习结束，那男子消失。

父亲扇着耳光把她拖进了人流室。关于体验她只记得痛不可忍，叫她发疯。

此番重蹈覆辙，子君受不了，跟我那朋友大吵。我那朋友总觉得孩子不是他的，两人吵得翻脸，朋友一气之下便弃她而去，只打电话叫了两个女生来陪她。

身边的人都走了，其下有四面楚歌之感，似乎到了冰凉的绝路。没有办法，琢磨着死了也好，一了百了，反正也没几个星期，药流就药流。子君的服药第三天中午开始剧痛，痛得在地上打滚，痛了大半天，下午五点的时候开始出血，躺在厕所的便坑边，虚汗如雨，血流不止。那陪她的女友开始还一盆一盆地帮着接血，盆中血肉模糊，后来出血厉害得接不过来了，厕所一地的猩红，眼看着子君渐渐昏过去，两个女子吓得一身冷汗，惊慌失措地给那男人打电话，结果他说他正在外地女友那儿过来不了，叫她们找我。

我连骂都来不及就挂了电话赶过去。她租的房子偏远，我从市里叫了车开过去，抱着她进车，往医院奔……一路竟泪流不止。

我抱起她时，她裙子下流出的血黏黏地沾满了我的身。

子君熬了过来，躺在床上，虚弱得像一把枯草。

凌晨我在床边守着她时，一个值班的小医生阴阴地走进病房来看看她，又看着我，说，你也真拿人家的命当把戏，快活的时候想什么去了。

我低头笑，她亦笑。医生出了屋子，她便低低地说，耀辉，谢谢。

她的唇色黯淡得像撒了一层灰，薄薄地吐出这两个字，犹豫着伸手来放在我的膝盖上，过了一会儿又摸索到我的手指，固执地一根一根抓起来，渐渐扣紧。

我从未见她如此凄凉，泣眼望着她，不知所言。但心里一丝动容都没有了。

二十岁的时候，我对她说，以后无论遇到什么难处，一定要告诉我。我只是想照顾你。

彼时她抬起头来看着我，神情竟然有无限怜悯。她微笑起来，似在安抚我，说，行，以后有得麻烦你。

二

是在大学里碰上兰子君的。刚进校时，公共课多如牛毛，没完没了叫人厌烦。我们同系不同班，却被排在一起上那恼人的课。她从不来上公共课，却仗着系花的资格，总有一堆男生排队替她喊到。这也是她命好，名字无所谓男女。关于名字，我后来问过她，她只是说，老辈子一直认定是个男孩，父亲又爱养兰草，出生前名字就取好了，兰子君——君子兰。出生时爷爷得知是女孩，拉下脸转身就走……她兀自低头轻轻说着，说完又切切地笑。兰子君言行之中自有一番别样的分寸，与人群里那些艳丽得索然无味的女孩分辨出来。

那都是后来的事了——我本没见过她，更不用说凑热闹帮她点名，不想同宿的一人猴急着要向她献殷勤，包揽下了一学期帮她喊到的活儿，自个儿却又常常想逃课出去玩，便把这差事扔给了我。

我起初拒绝，说，这么多人挤破脑袋要给她喊到，你不该找我。

结果那同宿的朋友竟脱口道，不行！这事情让给了那帮人，就等于把兰子君让给了别人！我琢磨着只有交给你我才放心！

我气得肝儿疼，瞪他一眼，他恍然觉得说得不妥，便又赔笑，说，得得得，哥们儿一场，我不是那意思……我是说你不对她胃口，她也不对你胃口……

我看看他那猴急的狼狈神色，低头便想笑。不理会他便走了开，亦算是默许。

从此我便替她喊到。每次一答，不知多少人要回过头来巴望着看看这位传说中的美女，却只看到我低头写字面无表情之状。如此这样喊了一学期，全系上下几乎人人都认识我了。

而我见到她，却是在将近期末的时候。

公共哲学课，一个女生迟到了十分钟。我座位靠门，旁边有空，她一进门便靠我坐下。我不在意周围，只顾伏案写字，良久，她突然发问，说，过去是你帮我喊的到？

我诧异抬头，眼前人便该是子君了，我想。端视之间，我开始谅解那些拜倒于她的人儿了。她的确是美。

我点点头应她。

谢谢你，她又说。

我无言笑笑，回她，没什么。

那日课上她把我笔记借去誊抄，我说，我的笔记都是缩略，别人恐怕看不懂。她笑笑说，那也未必。

我扫一眼她的抄写，倒也流利自如，把那简略内容几乎都还原了回去。

的确是聪明的女人，却懂得掩饰自己的聪明。这个世界总不太喜欢过分聪明的女人。她懂得这一点，就比外露才智的聪明女人更加聪明。

下课时她把笔记还给我，道谢之后，又请我吃饭，说是感谢帮她喊到。

我推辞几番，她坚持要请，我便没有再拒绝，和她去了餐厅。

我们吃些简单的粤菜，她说，过去认得你，你写的东西我还看过。他们跟我说你就是光翟的时候我还真有点震惊。

她笑。

光翟是我用在杂志书报上的名字，拆了我的“耀”字而已。

我问她，你也喜欢读文章看书之类？

她伸伸腰，狡黠地说，怎么，我就不像看书的？我过去还自己写点儿呢。

我笑着看她，没说话。

她又埋着头无谓地说，那种年龄上，心里有点事的女孩子，大都要写点儿什么的吧。过了那个年龄，就没那么多心思了。

整个晚餐说话不多，我们的言谈走向清晰，话语浮在寻常的生活话题之上，从不深入。她总是很自然就把自己藏得很后面，矜良淡定，又有一种甚得情致的倦怠。

我想她是经历过许多事的女子。但她却有一副极其早熟的心智，依靠遗忘做回一个健全平和的人来。她从不言及自己的过去，也从不过问他人。

我看着她的面孔，便知道，此生我亦逃不过她的眼眸了。

八点的时候吃完饭，服务生走过来，我们争执一番付账，最后她说，欠了你人情，该还的，别闹了，我来。她爽快地结了账，然后我们走出餐厅。

满目华灯初上，我站在路边与她说，我送你回学校。

她犹豫了一下，淡淡笑了起来，说，耀辉，我不住学校。你陪我在这里等等吧，朋友马上来接我。

我尴尬至极。这等的女子，自然是不用回宿舍扎堆的。我竟想不到。

我们站在路边，一时无言。不久一辆黑色的小车开过来，她才侧身对我说，那……我们再见。

我点头示意，看着她款款上车。

挡风玻璃的昏暗镜像上，我看见里面一张湮于俗世荣辱的中年男人的脸。

很多年之后，她说，耀辉，你是唯一一个与我一起吃饭却是我付账的男人。

就凭这，我们一开始就玩的不是那种游戏。

三

后来我们渐渐熟悉。偶尔出去玩玩。她的朋友多到令我头疼。我不常习惯与人走近，此番感觉像是一颗石子，以为是被人郑重地捡了起来携在身边，结果不过是被扔进一只收集奇石的观赏水缸里闲置。

我不善交，自恃有几分特别之处，喜欢我的人自会很喜欢，不喜欢我的人权当陌路就好，向来冷漠低调。也好，落得身边清净，只有过去一两个至交，平日里不常联系，淡淡如水。自少年时代起，一直都如此。

但我看到兰子君与别人亲密交好，竟觉落寞。

如此，我自然是爱着她了。

圣诞聚会的时候，大家一起唱歌喝酒，我醉得厉害，在沙发上从后面抱着她，不肯放手。她像抚摸宠物一般摸摸我的头，拿掉我手里的烟，没有言语。再睁开眼睛的时候，是躺在她的膝盖上，她正盛情地与别人打闹着什么，坐着也动得厉害，我便醒了，又头疼，起身来摇摇晃晃地走到卫生间去冲了一把脸。天都亮了。

那日通宵达旦之后，估摸着宿管还未开门，几个人便出门打算喝了早茶再回学校。我还是头晕，又去洗脸，在餐厅的洗手台前，碰到她在卸妆。

我昏昏沉沉地对她说，我喜欢你啊，子君。说完我抱着她。她只揽了一下我的腰，双手便垂落下来，再无一点生气，似有厌倦。我心里一凉，话到嘴边也冷了下来。慢慢放开她。

做朋友吧，还是做朋友——她低下头对着小镜子看了看自己的眉眼，抬头又说——耀辉，我喜欢跟你在一起，那是因为跟你相处简简单单，高高兴兴，人跟人感情给太多就不好玩了，要是和你也变成那样，就没有味道了。你是聪明人。你知道我们怎么样才好，是吧。

我立在她面前苦笑。

她见状，抬起头来轻轻抚了我的下巴，说，耀辉。你不了解我。我是经历过一些不堪之事的人。但过去的事已经很遥远，我从不对自己提及。

我说，子君，这我知道。与你接触不久，我就感觉你是有故事的人。只是你不屑于言说。

她继续说，所以我和你不同。但我不想失去你。我说真的。你答应我。

我点了头，她便擦着我的肩走出去。

我立在那里想着，也罢，情人是朝夕之事。两个人最好是不要在一起……也不要不在一起。

但子君，是我第一个爱的人。

四

一年级结束的假期我没有回家，独自在校外租了一间偏狭的小公寓。已经是殖民时代的遗楼，格外幽暗。楼梯间的墙面干裂成一块块蛾翅一般翻飞着的石灰片，红色的细长形状的木质百叶窗积着一层层灰尘，风吹日晒变了形，关不紧。

房子里面的墙壁已经是暗灰的颜色，天花板的角落里有一点点漏水的痕迹，像是脏了的水墨画。我花了半个假期的时间来整理房间。亲自粉刷了墙壁，又找来废旧的宣纸，皱着把它裹成锥形，罩在裸露的灯泡上。一拉灯绳，就映出黑白的水墨画，煞有情趣。

我又彻底洗了地板，擦干净那扇木百叶窗，还给桌子和床都上了一层清漆。

这套老房子我就只租了这么一间居室，连带一个小厨房和卫生间，为的是一眼就喜欢上的那个弧形小阳台。房子外面向阳一侧的青砖墙壁上有着苍翠的爬山虎，蔓延到阳台来，把那片小小天地包裹着，满目墨绿的叶荫，楼上住户更有趣致，养着茂盛的蔷薇，花枝翻过围栏垂落下来，给我的阳台遮了荫，真正是肥水流了外人田。我又从花鸟市场买了几盆花草来养在阳台上。

那是仲夏的清晨，阳台上的蔷薇像窗帘般遮了光线，浅睡中隐约闻得到茉莉香，听得楼下市井的生息，车辆川流，人群熙攘，觉得活得丰实，要的就是这喧嚷不寂寞的俗世，因我心里落寞。每日潜心做学，看书习字。生怕留给自己一隙空白。

后来就在假期中，兰子君和男友闹了架，赌气在夜三央时跑出来，无处可去，直接来敲我的门。那夜下着阵雨，我开着窗，湿的风阵阵扑进屋里来。

有人敲门叫着我的名字，那声音被雨声覆盖，我听不清来人是谁，心里却有直觉是子君。我开了门，见她倚着墙，浑身都湿了，额前的头发一丝丝掉下来粘在皮肤上，脸上的残妆被雨水冲得狼藉，也没有泪，只望着我不说话。浑身的酒气。

我知道是怎样的事，也不多问，引她进屋来。

她跌坐下来，我便给她找了浴巾擦头，又给她找出宽松的干净衬衣叫她去洗澡。

我听着卫生间里哗哗的水声，心里忐忑而又落寞。将她扔在椅子上的包和裙子收拾起来挂好，又去厨房给她盛了一碗莲子粥。

她湿漉漉地洗完走出来，穿着我的衬衣，脚上竟还蹬着细带高跟凉鞋。这是骨子里妩媚的女子，连这般邋遢装扮，都有性感的意味。我不知道我与俗常男人无异，喜欢性感的女子。

子君坐在床沿上一边擦头一边环视我的屋，只说，你这窝，弄得跟小媳妇似的。

我不开口，把莲子汤递给她，她接过来埋头就喝。喝完她便说，我累了，想睡。我知道她酒力不好，便关了灯，帮她脱了鞋，抬起她的脚放床上。她躺上床去便闭上眼睛。我抚她的额头，低头吻了她的发。

但我知道我是不能和她上床的。我们不同他人，我们是不言朝夕的……

我站立在暗中一会儿，轻声叫她，子君。她没应我，我想是睡着了吧。

我黯然走到阳台上去，雨都停了。夜色渐渐褪淡。凉风习习。我百无聊赖抽了支烟，看这暗夜下的寂寂市井。灯火深处，楼下的街衢缝隙间走过失魂的女子；转角处的小天窗透着一豆光亮，那是谁人又无眠。我沾了一身夜露，再进屋的时候，她已经沉睡过去。我坐在床边看她安恬无知的睡容，只觉今宵梦寒。

若得其情，哀矜勿喜。

我错过了你的童年，少年。你已成了有故事的女子，泅渡而去，心里这样衰老。我们的生命相隔了整整一条长河。我只想给你一副昭然若揭的干净怀抱，但这亦成了幻念。

子君。

我在书桌边看了会儿书，天就亮了。上午第一节还有专业课，我要回校。走之前下厨给她做好了早餐放在桌上，随手撕下一张便条纸想要留言，捉着笔俯身颤抖良久，却无话下笔，把纸揉成一团扔掉，回头看到她还在沉睡，安恬如婴。

一上午安安分分地上课，大的阶梯课室里人头黑压压一片，闷热难耐，那教授讲课半死不活，甚是让人厌烦。我便中途出来到图书馆去待着，找了几本书看，心猿意马地惦记着兰子君，惦记着她起没起床，吃没吃饭，中午去哪里，还在不在那房间。我惦记得难受，索性扔了书本回家去。

打开门，我见床空着，心里顿时凉透。书桌上的早餐还原封不动地摆在那里。人走室空，我丧气地坐下来，望着那凉的牛奶发呆。

她走得这样急，连被子都没叠，一张字条都没有留啊。

下午在学校里碰到她，又见她笑颜。寒暄了两句，她说，昨晚谢谢你。唉，一会儿又要有事出去，不知晚上选修课考试还能否赶得回来。

我想也未想就说，那你折腾你的事情去，考试我帮你去吧。她呵呵地乐了，道了谢，便又欢欢畅畅地去了。

晚自修时提前了十分钟找到她上课的教室去考试，一个小时之后做完，估计她起码也能有个良的等级了，便交卷走出课室的门，转身之间，便看见她一人站在走廊，双脚并拢，背贴着墙壁，倒像是被赶出教室罚站的中学女生一样，寂寂的，眼底里总藏着不幸福的故事，像只安静而警觉的猫。

那一瞬间，我仿佛真切地看到她的少年。心里一下子有疼惜。

子君见我出来，便又笑容盛情地看着我，媚然地走过来挎起我的胳臂。我觉得她是因为发自内心的愉快，而笑容坦率自然。

我没有想到她会在这里来，竟甚是惊喜，问她，你折腾完回来了？

她打趣说，那是，看你做枪手怪不容易的。

出了楼，正是一个凉夜，我们散步到学校后门的小餐厅吃了一大盘煮蟹，清炒芥蓝，还有阿婆汤，又去看艺术系的学生放的免费电影，老片子，《城南旧事》，放映室里简陋而看客稀少，都困闷得睡了过去。散场的时候她还靠在我肩上，我竟还是舍不得动，生怕她醒。巴望着就这样一直坐下去多好。

走的时候她又坚持要回宿舍去住。她回去时宿舍一个人都没有，长久的空床都被宿舍其他人用来堆东西。她犯困，烦躁地抓起床上别人的衣物扔到一边，倒头便想睡，未想到被窝那一股潮霉混合着灰尘的味道叫人呛鼻，睡不下去，又打电话给我，只说她想要干净床单。声音有泪意，极无助。

我急急忙忙抱了一叠干净的床单被套跑过去，又打了一壶开水，眼巴巴地在她宿舍门口等着给她。

她邋邋遢遢地走出来，拿过床单被套，放下水壶，在我面前捧起棉布，把整张脸都埋进去深深地吸气，末了，轻声说，晒得挺香的嘛。她又笑了。身上还穿着我给她买的衣。

我说，好好睡觉，好好睡觉，一切都会好的。

她还是笑，答我说，谁说我不好了?

她道了再见，就脚步轻轻地回了宿舍。

她住学校的那段日子收了心，每天按时来学校上学。我见面就叫她姐姐，她也乐呵呵称应，嬉笑打闹几句，甚得开心。

也不知是否她身边人多繁杂叫她厌烦，但凡她在学校，我们便过初中生般两小无猜的俏皮日子，上课无聊的时候溜出教室来一起去小卖部买茶叶蛋吃；中午下课了嫌食堂拥挤便在水果摊上买西瓜和煮红薯来当午饭；也一起租老电影的录影带偷偷拿到学校的广播间去放着看，她总说很闷人；考试要抱佛脚，她便破天荒和我到图书馆自习，很偶尔地在操场走几圈，或者上街窜窜，在小巷里找餐厅吃她的家乡菜。偶尔会到我的公寓来彻夜看电影，喝点酒。

那时她甚是喜欢唱歌，被一家电台看中，经常去录音，有时也做广告，我便陪着她去，有次在路上的时候她兴致很好，给我讲一些她见闻过的噱头，说上次在排练厅见到的一个看上去挺有来头的惊艳美女，娴静地坐在那儿；结果果真“挺有来头”，坐下不久便不停有演艺公司的男人们按职位高低先后过去调情。子君一边讲一边模仿着当时情景，伸手搭我肩膀上，脸也凑过来做调戏状，她脸上的细细汗毛都触到我皮肤，我心里竟陡然狠狠地咯噔一下，表情都僵硬。自然，这点噱头她是不知道的。

那夜散步，倒影在江岸的万家灯火似翡翠琉璃，在夜色水波中轻轻摇荡，景色甚美。一个阿姨摆了摊子拍照，快速成像的照片。她兴致很好，要拍照。我笑，说她俗，把相机拿过来，拍了我们两人在路灯灯光下的影子。

两只影子靠在一起的，斜斜长长地映在地上，看上去极有深意可细细品味。是若即若离的两个人，却在彼此生命里有倒影。不言朝夕。

她把这张相片放进手提包里，说，我喜欢这张照片，我会记得这个晚上。

半个月之后，她跟男友又复合，回到了他家去住。

我的公寓还是那幽暗模样，陷在一片嘈杂的市井中像一块渐渐下沉的安静荒岛。

夜里有时候心事沉沉睡不着，起来听大提琴，伏在书桌上蒙着字帖练钢笔字。写着写着困了，才能倒上床去入睡。白日里常头疼欲裂。

在学校又不怎么能碰见她了。陆续地还是会在一堆朋友们吃饭聚会的时候碰见她，她亦习惯与我坐一起，总对我说，还是和你开心啊，还是和你开心。

我回她，那是啊，那你就回我公寓来一块儿快活啊。

她便笑着说，没问题，只要你让我高兴了，什么都好说。

姐姐，你这语气可是地道的嫖客。

谁嫖你啊。

两个人便打闹起来，没心没肺地笑。

五

过去是这样伤心地着看她那笑颜啊，那又如何。子君。我又不能悲伤地坐在她身旁。

初见她，便觉得她已有太多往事，眉眼之间粉饰太平，她已忘记，她不提起，但我却心疼，舍不得她不快乐。只是奈何我错过了她的童年，少年。否则，我会给她安平的一生。

过去总觉得自己是要多无情便可有多无情的人。若要是谁觉得我待他淡漠，那么他的感觉是对的，因这世上人情薄如纸，我已疲倦，不再有兴致去做没有回报之事。我不过是俗人，无心为他人思虑。

但是我心里却清楚，子君不一样。我患她所不患的，哀矜她所不哀矜的，只愿留给她相见欢娱的朝朝夕夕，醉笑陪君三万场，不诉离伤。

后来这种惦念成了习惯，倒真的自己也富富余余地快乐起来了，心里有个人放在那里，是件收藏，如此才填充了生命的空白。

记得一夜看书至凌晨，又读到这样的句子：

……

但你不会忘记我。你不需要忘记我。我对你来说是那么轻，你可以将我当作星期日下午的棉花糖一样不时吃一下，调调生活的味儿。你一个人的时候你会想念我，想念我对你的执恋，想：我遇到过一个热烈的女子。

我却要花一生的精力去忘记，去与想念与希望斗争；事情从来都不公平，我在玩一场必输的赌局，赔上一生的情动。

……

一定会有那么一天。记忆与想念，不会比我们的生命更长；但我与那一天之间，到底要隔多长的时候，多远的空间，有几多他人的、我的、你的事情，开了几多班列车，有几多人离开又有几多人回来。那一天是否就掺在众多事情、人、时刻、距离之间，无法记认？那一天来了我都不会知道？我不会说，譬如一九七六年四月五日在天安门广场，我忘记了你。当时我想起你但我已无法记得事情的感觉。所以说忘记也没有意思，正如用言语去说静默。

我反复看这一段，心里动容得疼痛，忍着热泪，提笔在纸上抄写下来，于凌晨出门，跑了两个街区，找到一个墨绿的旧邮筒，寄给了她。一个人慢慢走回来的时候，天都亮了。我一边走，路灯就一盏盏熄灭了下去。好像世界因我失却了光亮。我心里说，子君，不会再有人像我这样执恋你了。我也再也不要像这样执恋你了。

太阳尚远，但必有太阳。

又好像是从那夜起，冷眼看她身边的人换了又换，艳遇多了又多，人一年年出落得更有分寸，连玩笑都收敛了起来，姿容已无懈可击了。这样，我心里渐渐连最后一丝动容都淡了。

总觉得她往后记得的，不会是孩提时代对她图谋不轨的邻亲，不会是一个叫她痛得死去活来的肚子里的孩子，不会是中学时初恋的少年，不会是二十岁某个带她进了华丽餐厅的中年男人，不会是某个与她搭讪并且留她电话的艳遇……不会是任何人，也不会是我。

她将谁都不记得。来人去事只是倒映在眸子里，叫人觉得是一双有故事的眼睛。但我知道，她身边无论谁来谁去，她都会懂得如何活好自己的。这就够了。

我就这么看着她在人世间轻盈地舞跃，辗转了一个又一个夜晚，擦了一个又一个人的肩，像是看一出戏。过去看得热泪盈眶，而今渐渐面目从容，只是决意做曲终人散时最后一个离开的人。

六

大三期末考试的时候，兰子君因为旷课太多，被学校劝退。

处分宣布之后，她很长时间销声匿迹。放假之后，学校人都走干净，她才回来，叫我帮她收拾宿舍物品搬离学校。

我将她东西整理出来，分类打包，扛下楼去放进车里。装包的时候，看到床下的角落里夹着一张照片，被丢弃已久。是两个人在路灯下的影子。

我拾起来，擦掉上面的灰，一时心碎。那夜我们散步江边，灯火如醉，花好月圆。她要拍照，我便拍了这张两人的影子留给她，她说，我不会忘记这个晚上。

我拿着相片，欲对她说话，却看到她正背对着我，忙于整理衣物。我看着她背影，话到嘴边冷了下来，只在心里问，子君，你可记得……

但我知道她没有心。她不会在意。

我未说话，默默将照片放进自己贴胸的衣袋，若无其事地继续收拾行李。

她离开了学校，也没有回老家。那之后又与我几乎断了联系。她总是那个要迟到却又要提前离开的人。但我宁愿相信我懂得她，她太害怕这人世的寒冷，或者她太习惯这人世的寒冷。

后来才知道，那时她甚落魄，与家人决裂，离开学校，住在一个已婚男人给她的房里，甘作笼中鸟。生活只剩下白日昏睡，夜里看碟，一整日一整日躺在床上吃酒，抽烟……唯一有所等待的，便是他来与她做几场爱。那男人心胸窄，怕她和别人搭上，不许她出门，也不给她什么钱，几乎是禁闭。

我去看她时，她刚从床上爬起来给我开门，惺忪的一张脸，还未睡醒。我踏着满地的碟片酒瓶烟蒂走进去，顿然心下生凉。

她红颜依旧，却不过是像一张艳丽的薄薄皮影，演着越来越不由自控的儿戏，又如深深山谷里的一朵罂粟，在风中烛火一般飘摇。

我忍不住说，子君……你这是何苦。

她说，你不要来与我说话。不要问我，也不要说。陪我坐坐吃顿饭就好。

几天之后她与那男人分手，之后她就和我的一个朋友在一起了。三人还出来吃过一次饭，彼此心知肚明，抬头嬉笑泛滥，低头就黯然无言。

再见到她，是她的女友打电话给我，等我明白是什么事，心里酸楚，愤恨，慌张，但还是想也不想就赶过去找她，条件反射一般。子君啊子君。

我听到她的痛吟声，在肮脏狭小的卫生间，把她从地板上抱起来，一身一手都是血。血像泪一样廉价又耻辱。那质感似在鲜明直白地提醒着我别人留在她身上的温热的精液，又或者是隔夜的泪。

她额上是冷汗，却笑着看我。我不忍鄙弃她，低头吻她的发，也落了泪。

她熬了过来，只是十分虚弱。像一把枯草。

她的唇色黯淡得像撒了一层灰，对我说谢谢，薄薄地吐出这两个字，犹豫着伸手来放在我的膝盖上，过了一会儿又摸索到我的手指，固执地一根一根抓起来，渐渐扣紧。

我从未见她如此凄凉，泣眼望着她，不知所言。心里一丝动容都没有了。

子君——我默默地想——这是难言的世味。我本以为我有心一辈子为你担当，隐忍无言地给你感情。我也一直这样执恋你。但我终究累了。心里在老去，不愿做一个可怜人。你不属于我，我亦不属于你。

耀辉，我们在一起吧。

她说。

我未应声，独坐在她旁边，慢慢想起来一些事，想起夜里读到叫人热泪盈眶的句子，抄写下来，在凌晨出门走了两个街区寄给她。想起她慨然地说，还是和你一起开心啊还是和你一起开心；想起她失意的时候在大雨的夜里敲我的门；想起她捧起我的床单，深深吸闻……我想起她抚我的下巴，不要失去我。

那都是什么时候的事情呢。这记忆像夜色一样淡了。大约还是我爱着她的时候吧。那又如何。遇到你时，我尚是一张白纸。你不过在纸上写了第一个字，我不过给了一生的情动，心底有了波澜。但我知道波澜总归平静。

世上再无比这更优美的沉默了。

永夜

王小立

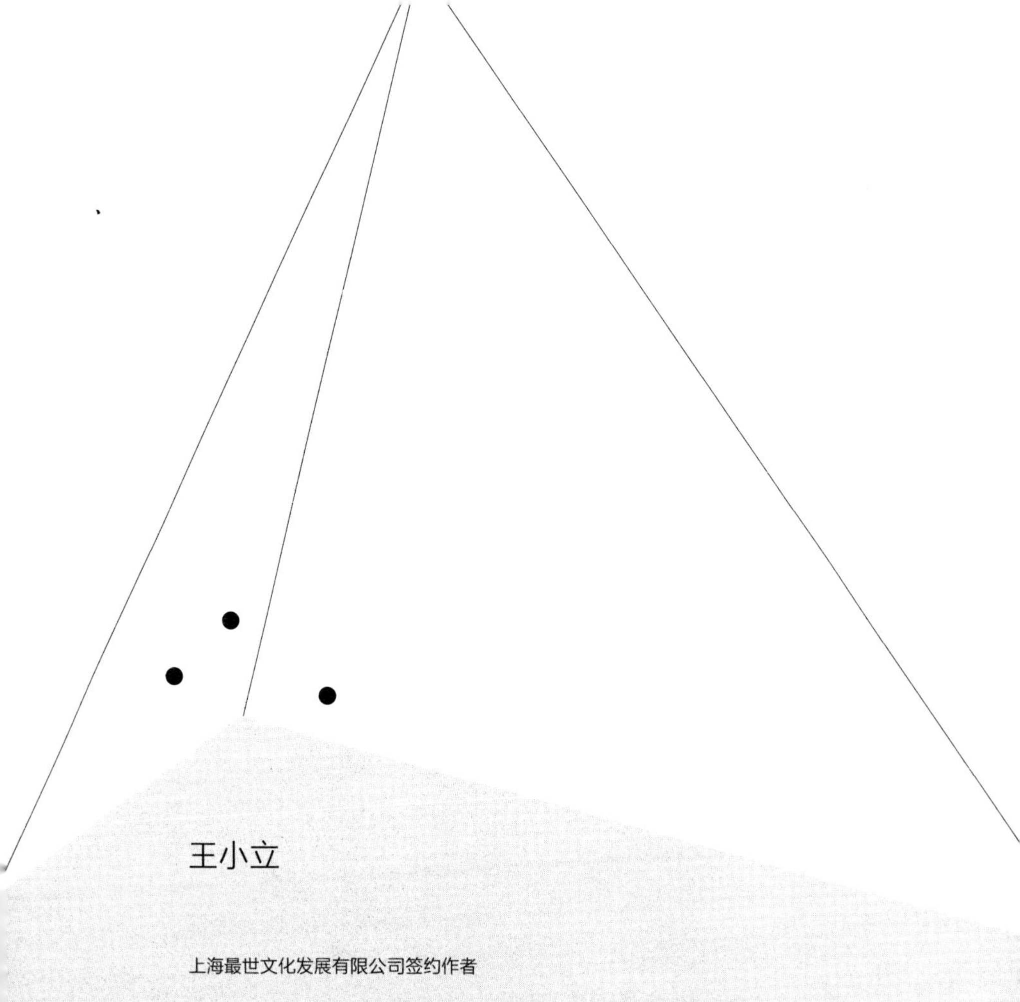

王小立

上海最世文化发展有限公司签约作者

不喜欢眼前这个世界的话，那就创造一个新的。

已出版作品：《下垂眼》系列《任凭这空虚沸腾》《又冷又明亮》

一

那个瞬间。他们眼前，盛放出大片的光。

二

［邱政明］

钥匙孔久没有上油，开门时传出锈味的咯吱声，听得邱政明心烦意乱。他用了些狠力地推门，听见门边打在物件上，轰隆的一声。进去看了才知道，是玄关里的鞋架被撞了。一块板塌下来，几双鞋委委屈屈地滑进架子的一角。咒骂了一声，邱政明也懒得去修。往前一点的地板上散了几只拖鞋，鞋面同中有异，成不了双。邱政明嫌恶地把它们踢到一边，穿着鞋就走进客厅。

客厅的摆设和邱政明早上出去时一样。昨天的报纸摊在沙发，有两张还掉到了地上。饭桌泛着油渍的光，一瓶豆腐乳被空空落落地搁在中间。窗户被关死了，屋内的空气像被橡皮筋紧紧箍着，憋出一股厚而闷的冷。

一些迹象都显示着，从邱政明早上出门，到现在他回来，都还没有别的人进来过。

这也是自然。邱政明两个月前刚和老婆离了婚，眼下和他一起住的，就只有15岁的儿子邱其。刚升上初三不久，学校重视升学率，晚自习什么的少不了，经常是要到七八点才回得了家。

邱政明瞄一眼墙上的挂钟，5点58分。

还有一个来小时，够时间准备的。他想。恶狠狠地，钥匙往茶几掼去，听见成串铁片拍上桌面时叮当作响。

***

冬天的夜晚来得早，7点不到，天色已是扫翻了墨般的黑。日光灯是一早拉亮了，窗上反着白寥寥的光，邱政明侧着头，把窗玻璃当镜子，朝自己那张眉头紧皱的脸盯着看。

应该还能再凶点。他想，眉心下意识地用了力。倒映于玻璃的脸便又添出几分怒意。就这样狠狠地持续了三五秒，神色里才又松懈出一丝得意。

“哼。看你小子怕不怕——”自言自语地扭回头，邱政明从茶几的烟灰缸上拾过抽了大半的香烟，深深吸一口，就把还亮着火星的烟屁股甩上地板，加脚再碾两下。此时地上横七竖八地躺着好几个烟头，烟味呛进屋里的大小角落，在灯下缭绕出一片惨白的瘴气。

邱政明朝周围环绕了一圈，对这一室内效果颇觉满意——他并不算嗜烟的人，平时也没有乱丢烟头的习惯，眼下之所以把自己的形象折腾得像个劳改犯，完全是为了给放学回家的儿子一个下马威。

“让你还敢做这事！”邱政明将视线定向前方的大门，默念着待会儿要破口的台词。手按在沙发上，铁制的晾衣架在手心里漫出一丝冷意。

他只等着儿子推门进来。

***

这事发生在三个小时前，职业是出租车司机的邱政明，在放下今天的第八个客人后，收到了前妻打来的电话。

看着手机上的来电显示，邱政明十分诧异。他和前妻自离婚后，就基本断了联络。只知道她在离婚不到一个星期后，就飞快地嫁了别人。那人邱政明也知道，没离婚前，他就和对方见过两次面。一次是在咖啡厅，一次是在大街上——当然，与其说是见面，不如用撞见更为贴切——至于都撞见了些什么，邱政明以他身为男人的自尊，当然不会告诉别人。他就只是把家里所有的碗砸得剩下两个，把家里所有的筷子扔得剩下两双，最终饭桌上的嘴，也就只余下了两张。

邱政明不是小气的男人，但这不代表他就能原谅妻子的背叛。即使之后离了婚，他也从未想过要祝对方幸福。惨痛的回忆像焚灼人心的烈焰，很多个夜，他甚至要通过假想前妻的不幸才能获得片刻的冷却——但假想终究只是假想。无论邱政明如何避免，以他身为出租车司机，终日要在大街上奔驰的身份，终于还是在某一天，看到前妻牵着她现任丈夫的手，一脸甜蜜地从某个购物广场走出来的身影——那个广场他也曾去过一次，在随便看了某间店的衣服的标价后，便再未生出过进入的念头。

他于是知道前妻过得很好。至少，比他好。

因果报应的说法，大多时候只是一个安慰。显然，现实并未给予邱政明这一安慰。而唯一令他聊以自慰的，就只有妻子还不知道他过得没她好这一点——这对生活并没什么实质的帮助，但至少，可以保住邱政明那一点仅剩的自尊。

而他的自尊，在今天的这通来电里，溃败成了尘。

“其其昨天问我要了 1000，说急着要用。”电话里前妻对他说，然后顿了顿，“你们……最近是不是手头很紧啊？”

前妻的声线里有一股子天生的嗲意。邱政明曾一度将此譬喻成治愈人心的天籁。而眼下，当它再次出现的时候，他只觉得血液像是被人狠狠灌入了一桶冰水，体内流过的，全是直入骨髓的冷意。

***

邱政明仰头吐着烟圈，电视里叽哩呱啦在闹什么，他也看不进去。脑子里翻来覆去想的，除了白天前妻的电话，就只有自己的儿子，邱其。

“老子又不是没少给过你钱！”

明知屋子里只有自己一个人，邱政明还是忍不住骂了出声。离婚后他的脾气虽然比以前差了不少，但至少，至少在“钱”上，邱政明自认没亏待过儿子——供他吃饭，供他读书，甚至出于微妙的补偿心理，连零用钱也比以前多给了不少。他每天勤勤恳恳地开车接客，为的是什么，不就是为了让儿子觉得离婚之后的生活——至少在经济上，是可以过得比以前更好吗？

先前吐出的烟圈一点点在空气中散了形。邱政明呆呆地朝着天花板望去，灯管的光导进眼睛，日光灯的光并不刺眼，却依旧让他感觉到眼眶里涩涩的痛，愤怒像是噼啪燃烧着的柴火，邱政明眨了眨眼，他只觉得眼下全身的水分，都在胸腔间蒸发了。

——那小子到底他妈的是在想什么？

邱政明搞不懂。问母亲要钱这种事，看起来似乎天公地道。但是以他们这般敏感的家庭状况，这事要是被外人知道了，他邱政明还能继续做人吗？儿子平时也挺老实懂事的样子，怎么就会做出这种不长脑子的事儿来？更何况，1000 块不是小数目，一个 15 岁的小屁孩儿要那么多钱干什么？！

“因为我觉得很寂寞啊！”一把尖厉的声音，适时从电视机里传出来，邱政明抬眼看去，似乎是不知道哪个台的偶像剧，染着一头黄发的吸毒少女抽着鼻子在叫。

邱政明愣愣地看了片刻，眼前浮现出以前报纸上的一些报道。那些《父母离婚，少年踏上边缘》，又或是《家庭不和导致青少年堕落》的零落标题，此时像是突然被标出了重点，携着与其相对应的可能性，飓风般地旋进了邱政明脑中——有那么一会儿，他几乎可以看见自己的儿子，捂着一边鼻子吸粉的画面了。

这些想象在体内扎了根茎，任凭邱政明如何用力地摇头，也没办法把它们甩出脑外。他咬着牙忍了三分钟，终于还是按捺不住，拨通了儿子手机，两声清冷的嘟嘟声后，听见对面熟悉的一声“喂”。

耳中没有传来过多的杂音，似乎还是在学校里。邱政明松下一口气，先前因为自己吓自己而一度萎靡了的怒火，便又再度扬起了势头——

“你他 × 的，你小子是不是问你妈要了 1000？”

他对着话筒大声质问过去。吼声落进空气，像是滚过天空的雷。

［高炔］

高炔没想到邱其会把那 500 块又抢回去。

高炔今年读高二，距离 18 岁还有两个月，初三的邱其是他的学弟。因为每个年级分班并不多，而高中部和初中部虽然被安排在同一幢的教学楼，但教学楼很高，面积也大，所以尽管初中和高中相隔不远，但应了楼层的分布，初中生和高中生彼此间的了解其实并不深厚——尤其是像邱其这样貌不惊人举止平凡的类型，基本上就算天天在高中部走上十个来回，也不会有人知道他是谁。

但高炔是一个例外。不需要邱其在高中部走十个来回——事实上他根本连踏都没踏进去过——仅仅凭借着校门口的一个照面，他高炔，就飞快地记住了对方——或者，应该说知道更加恰当。

只是一眼的接触，他已知道对方读的是初三，知道对方的名字叫邱其，知道对方的家庭刚刚破裂，甚至，他连对方家庭破裂的原因也一清二楚。

“就是这个贱人啊，这个贱人把你爸爸抢走的啊！”一个月前，他的母亲就是这样，指着一张从他父亲那儿偷来的照片，不顾形象地朝高炴大声号啕着。

那是一张合照。左边的女人被他母亲的手指点着，几乎遮住了整张脸。这样高炴只能看向右边。圆脸、单眼皮、笑得有些腼腆、比自己看上去小一些的那个男孩。高炴查到了他的名字叫邱其。

——抢走了自己父亲的女人的儿子。

***

父亲曾经是高炴最尊敬的人。

用“尊敬”这个词，只是因为他羞于说出“喜欢”。但确实，是喜欢的——高大的、可靠的、温柔的、需要仰望的，自小到大，父亲在高炔心目中就是这样的形象。即使是到了“觉得家长很烦人”的叛逆期，“希望能成为老爸这样的大人”的念头，也依旧被高炔暗暗嵌于脑海，如粗糙蚌壳里的珍珠般，从未想过要放弃。

却没想到被放弃的是自己。

即使相隔了将近一个半月，高炔依旧清晰地记得父亲说那些话时的表情。他的表情自然而随意，语气平和，一如是在谈论今天的天气——如果不是身边母亲强忍痛苦的抽泣声，高炔几乎真的要以为，他所听到的是“下午要下雨，上学记得带把伞”——而不是“对不起我真的不能没有她”“赡养费我会付的”“儿子以后就拜托你了”。

而不是，“……再见了。”

体内仿佛传出咔嚓的脆响。有什么东西被巨大的力碾成碎片，它们锋利的边缘陷进皮肉，又一点点沉淀进深处，最终积成坚不可摧的核。活于人世的 17 年，高炔第一次，触摸到了“恨意”。

他恨他父亲抛妻弃子的不负责任，他恨那个女人破坏家庭的不知廉耻，他还恨他的母亲，恨她只会哭哭啼啼，连留住一个男人都没有能力。憎恨犹如一潭沼泽，一旦陷入，便只有等待沉溺的命运——到后来，甚至连这个被愤怒吞噬，却什么也做不了的自己，高炔也恨了起来。

但又能做什么呢？抽烟、喝酒、泡妞、偷窃、打群架——高炔尝试了一切可供发泄的途径，但内心的某处，却始终像是被充着气的气球，气体不断地灌入，却又排遣不出来，只能眼睁睁地看它越撑越大，一点点地逼近爆裂的边缘。

直到那个有着圆脸和单眼皮的男生，闯进自己视线的瞬间，高炔才终于听到，心中那个气球的口，松出了嗞的轻响。

***

最开始时。只是口头上的侮辱。

再来是扔他的笔，撕他的书。逼他下跪、逼他写检讨。又或是隔着课本打他的肚子（因为不会留痕迹）、拿打火机去烧他的头发。

尽管高炽并未因此得到什么实质的好处，甚至他还会因为“其实对方也挺无辜的”，而在事后生出一丝悔意。但，当他看到眼前的邱其那因欺凌而变得扭曲的脸时，父亲所带给他的巨大伤痛，仿佛就被一点点地，转嫁到了别的地方。

怒意的成功释放，并未令惩罚行动有所递减，相反因为对方不敢反抗的懦弱，而一点点升级过了界——终于某天晚上，在高炽威吓着说出“把你身上的钱都拿出来”时，他才突然意识到，自己对于邱其的所作所为，已经踏上了犯罪的边缘。

但那却像是戒不掉的瘾。

就这样，从5块10块，到50块100块。每次高炽要，邱其就会老老实实地给。其实高炽并不缺钱，他父亲每个月所付的赡养费，足以保证他们的母子生活质量。但这个世界上，抽烟要钱、喝酒要钱、泡妞也要钱，不管怎么说，有一笔多余的钱总是好的。

——何况，这些钱还不是那个贱人从我家骗给他儿子的，高炔想，于是他越发地理直气壮起来。终于，两天前，他朝邱其比出了5个手指的金额。

“500太多了……我没那么多钱啊……”邱其一脸的为难。

“我×，在这里装什么穷，你妈骗了我爸多少钱你知不知道？”高炔朝对方的小腿踢了一脚。

“……我妈和我家已经没关系了。”邱其捂着腿，眼睛里像是有什么亮晶晶的东西要流出来，“我给你的那些钱，都是我爸给我做零花的……我现在就只剩100块伙食费了，真的没有多余的了。”

高炔愣了一愣，但很快又骂起来：“×的你博同情啊？没钱问你妈要啊！你妈现在傍的可是我那个做老总的爹，她口袋里的钱多得很哪！”

“可是……”

“可是个屁。”高炔努力压抑着内心升腾起的什么感觉，摆出一脸的凶神恶煞，“我不管你，反正这个星期，500！”

说完后，他顿了顿，又补充一句：“那，你这次给了我，我们之间的账就当一笔勾销，我以后也不找你了。啊？”

这并不是一时的安慰之辞。事实上，当高炔在今晚收到递上的那500时，他的确下了就此收手的决心——勒索什么的，毕竟是极不道德的事情。而那层堆于他心头上的厚厚的恨意，也在这些天里，因为邱其的出现被拂去了大半。某个瞬间里，在他握着那几张被对方手心温热了的100块时，他几乎觉得可以和这个老实又可怜的男生成为朋友了——同是家庭破裂的牺牲品。

但高炔没有想到的是，邱其在接完一个不知哪儿来的电话后，会又把钱从自己手中抢了回去。

这发展太过于迅速和荒诞，让他一时没能反应过来，张大嘴巴朝向对方隐进夜幕的身影，又再低头看了看自己空荡荡的掌心，两秒后，脑神经才终于抽出个激灵——

“靠，你小子敢耍我？！”

高炔直起脖子，听见自己气急败坏地叫骂，夹杂进耳边的风的声音。

［邱其］

那是一条从学校通往市区马路的小巷。

整条巷子长而狭窄，跑完全程至少需要20分钟，尽管如此，就学校到市区马路的距离来看，这里也算是抄了近路。巷口开始，一路延过去的，全是废弃的民居，水泥墙面剥落出黄色的泥层，红漆的“拆”字在上面张牙舞爪。几个路灯零落地竖在两边，年久失修的关系，眼下统统只剩下装饰的作用。到了晚上，整条小巷便像是陷入了夜的梦魇，四周全是昏沉沉的暗。

——但，还是可以模糊辨认出身后，高炔追赶上来的身影。

抹一把额际的汗，邱其将头扭回前方。胸腔间涌动出的连绵的窒息感，让他不得不大口喘着粗气。

可他不敢停下来。

——在看到他爸爸之前，他不敢停下来。

***

收到爸爸的电话，是在10分钟前。而10分钟后，邱其的耳朵依旧因为那通电话而嗡嗡作响。

“我现在开车过来接你！”他爸爸在话筒里吼声如雷，“你好好给我揣着那些钱，他×的敢弄少一块，老子就把你塞车尾厢！”

“塞车尾箱”的说法听起来有些好笑，但按着电话里的语气和音量，邱其知道他爸爸不是做不出来——自两个月前被那女人抛弃后，他的脾气就明显地越来越差，饭桌上扔碗摔筷子什么的也就罢了，有一次甚至还一脚踹翻了家里的饮水机，巨大的水瓶轰地炸在地上，把楼下的邻居和自己都吓了好大一跳——后来邱其才知道，原来那天爸爸在街上看到了那个女人，和她的新欢。

那个女人曾经还有另一个称呼，叫作“妈妈”。但从两个月前开始，这个词就在邱其心中凝结成了坚硬的冰——甚至在问对方要钱的时候，他也哽着喉咙叫不出口。

他只是对她说：“给我 1000 块，我急用。”

其实邱其真正需要的只是 500，但他却朝那个女人要了两倍的数目。天性里的老实本分，并没有妨碍到他在那一刻面不改色地撒谎。或者说，他压根没觉得自己是在撒谎——在邱其的心里，甚至觉得只要两倍已经是一种宽容了。

对他而言，那区区的 500 块，根本无法弥补那个女人给他的伤害。这伤害并不仅仅来自于她的抛弃。更多的，是邻居的说长道短，爸爸的怒吼暴喝，学长的欺凌勒索，两个月以来，邱其被迫所要忍受的这些折磨，说到底，也全是因为她。

都是因为她。

1000 块算什么？就算再加上一个零，两个零，邱其也觉得这是那个女人应该给的。

但他没想到她居然会跟爸爸告状。

更没想到的是，他爸爸居然会气成这个样子。

***

……为什么要生这么大的气？

邱其不明白。他也无暇去想。几张纸币被手心的汗泡得发软，他一边跑，一边将它们塞进裤袋，指尖在那里触摸到几张质地干燥的纸片。邱其知道，那是另外的500。

10张100。一共1000。爸爸想要。学长也想要。而夹在中间的自己，能做的，就只有在这条漆黑的巷子里逃命般地奔跑——或者说是奔跑着逃命。

汗水顺着额头滴进眼睛，漫出阵阵连绵而酸涩的痛，但身后越来越近的脚步声，让邱其连提手去揉的力气都不敢浪费。他一心只想快点跑出这条小巷，按着先前挂电话的时间来算，只要他能跑到外面的马路上，就应该能很快和爸爸的车接头。

一直以来，邱其都没有告诉别人他被欺负和勒索的事实，或许是自觉羞愧，或许是害怕报复。但现在，现在他只想快点见到爸爸，快点让对方知道，自己的处境有多么的糟糕——他后悔自己为什么没有早点想到这一点。他之前就该这么做的。这本来就是和他邱其无关的事情，什么1000块不1000块的，他根本就不关心那个女人的钱会落在谁的手里。

为什么要让他受这种折磨？

外面马路的光在100米外闪动着温暖的色调，邱其努力振作起精神，加快了步伐朝前方冲去。

80米。60米。40米。他的头脑因缺氧而呈现出大片的空白，荒芜中只有一团暖金色的光，在视野中一点一点地扩大。

30米。20米。10米。5米。

可以拯救自己的光。

在即将跑出小巷的那一刻，邱其几乎想要伸出手做迎接状了。却冷不防被身后率先探出的手狠狠扯过了后领——

“叫你跑！”高炔喘着粗气的声音传进耳边。

邱其下意识地扬起胳膊，他像是受了惊的动物，用尽了全身的力量希望挣脱出去。

“放开我！！！”

他听见自己喉咙中升腾出的尖利的叫声，但很快，这叫声便被更尖利的刹车声，切割成零碎的片。

三

那个瞬间。他们眼前，盛放出大片的光。

置身在车灯打出的这一团强光里，邱其不知道发生了什么事情。

他有些迷惘地抬眼看去，看见高炔站在巷口，傻傻地朝向自己。光在他的脸上镀出一层薄薄的亮，他纹丝不动地站在原地，看起来像是一个纸糊出来的木偶。

他又扭头去看身边，隔着一道玻璃窗，他看见一张苍老而熟悉的脸。五官在光与阴影的交错下，扭曲出陌生的弧——那是他从未见过的，像是受到了极度惊吓的表情。

无论是哪个，都让此刻的邱其觉得无比滑稽。他扯了扯嘴角，想笑。

却最终因那自剧痛中缓缓漫上视野的漆黑，滑出了泪。

新女朋友

卢丽莉

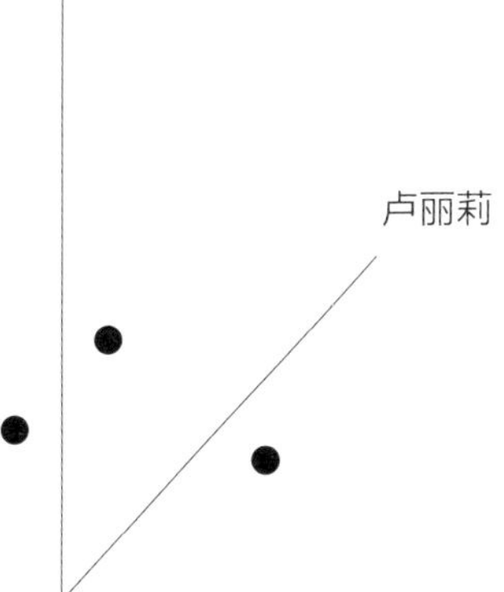

卢丽莉

上海最世文化发展有限公司签约作者

“她起码坚持自我地，写到了最后。”

已出版作品：《直到最后一句》《蔷薇求救讯号》《骑誓 · 蔷薇骑士的焚梦书》《我在梦见你》

一

坦白说，我不喜欢她。

是，她是长得还不错，呃，有一些人甚至会说她长得漂亮，但是长得比她漂亮的人满大街都是，我就比她长得漂亮，而且肯定比她要天然，她那排做过冷光美白的牙齿和那张打了不知道多少次玻尿肉毒打到连笑容都僵硬起来的脸再加上从来没见过她卸掉的大浓妆，要多非主流就有多非主流。

是，她是瘦，不但瘦胸前还颇有肉。但是像她这么瘦胸前却如此有肉的人正常吗，说得过去吗，指不定又是隆的吧，跟鼻子一样是隆的吧。何况作为一个女人，瘦成这样真的好吗，你见过有哪个大师的画作里的女人是瘦哩吧唧的？闹饥荒呢吧？像我这样充满女人味的身材才是传世的经典之美好吗？

所以说，作为一个人造美女，她顶多也就是平均级的水平，远远没好到哪里去吧，即使真的眼睛瞎了脑门被挤了觉得她如天仙般漂亮，但是拜托，漂亮又不能当饭吃。

你没听过那句话吗？再漂亮的女人如果没有脑，就算年轻时能呼风唤雨，一旦上了年纪，只能自取灭亡。

只不过是一个大专毕业生，平时没事拍两张“看我跟这本书哦”“看我在读书哦”跟“看我在书店里随手拈起一本书哦”的照片就以为自己有文化了吗？只不过是卖衣服的销售，有事没事发个“又要回澳门上班了，好不舍哦”就以为自己有多高端了吗，就以为自己不是低技巧低成本劳力之劳务输出了吗？一天到晚逛淘宝，穿一身假名牌假毛草假首饰假装名媛，以为自己就不是住在廉价出租房里的外地人了吗？那么喜欢发染头发做头发做指甲跟闺密到各个餐厅里装小资装人缘好跟父母家人的生日趴温馨短信的照片，以为自己就是生活丰富多彩完美成功而不是一天到晚无聊闲着不干正事了吗？开个生日趴请了一栋别墅的人，就觉得自己备受宠爱了吗，就以为大家是真心爱你才过来的吗，可以睁大眼睛看看请来的都是什么素质什么等级的人吗，被一帮鬼怪围着还认为自己是小公主吗？

……

……

坦白说，我真的不喜欢她。

而事实是，我简直是讨厌她。

因为她比我差劲太多，她根本就配不上你。

而你居然选了她，没选我。

二

刚认识周储的时候，我就喜欢上他了，准确地说，是喜欢上了他的脸。

喜欢周储那张脸的女生多得是，但是不知道为什么，他已经有一年多的单身期了，朋友圈里常常会出现他怀念前女友的段落，他跟他前女友在一起据说四五年，感情很深，于是我当时就理所当然地认为他是还忘不了他的前女友，所以才单身了这么久。

而作为一个奉“我只要做最好的自己喜欢我的人自然会来追我不喜欢我的人就算我喜欢他也绝对不可以倒追”为信条的人，虽然我是挺喜欢周储（的脸）的，但是也从来没有想过倒追他，所以在认识之后好长一段时间，我都没有正经地跟他说过几句话，最多只是在朋友圈里面点下赞交流下之类的，因为他曾发朋友圈明确表示过对缠人的女孩子的厌烦，我既不想当他眼中那种不要脸的女孩子，也明白男人犯贱的内心里只对得不到的东西比较感兴趣，所以虽然我常常故意发许多显得我既有思想又懂生活且人长得又漂亮的照片给他看，但在表面上我并没有对他表现出特别大的兴趣。

然后在认识的第四个月的某一天，他突然发了一条朋友圈说他谈恋爱了。

他的新女朋友叫陈小柔，是在我之后认识的，据说是某一次朋友聚会，他对她一见钟情，甚至不管别人是在珠海而他自己在广州，跟她谈起了一段距离也没有很远的异地恋。

而就是从那一天之后，他开始进入了混乱的恋爱模式，每天四五点钟才睡，一天到晚不是秀恩爱发温暖的句子过去珠海找她同住几天就是吵架闹分手但最后还是像狗一样跑回去低声下气地求她跟他和好。直到一个多月后的另一次朋友聚会，他带着他那个女朋友过来了，我真是无法相信就这么一个又矮又瘦的天然绿茶婊可以把他搞成这样一副不人不鬼丧心病狂的样子。

打招呼的时候，绿茶婊脸上露出一秒钟僵硬的笑容，然后又低下头玩她的手机去了，我看着她身上流露出的浑然天成的婊里婊气的气质，只想用高跟鞋把她的脸踩烂。

在见识了她的庐山真面目后，本来就没有在喜欢她的我变成了彻头彻尾的讨厌，于是我开始比以往更勤奋一百倍地在他朋友圈里点赞评论，当然是装作云淡风轻的样子。后来渐渐地他开始主动找我说话，我们闲时聊聊微信什么的，而在各种闲话的当中我巧妙地加入一些暧昧的语言，比如聊着吃的东西就开始聊起以前的感情史，假装好奇地问他对性生活的一些看法，互相交流以前有过的各种经验。毫不意外地，开始越来越多地打电话的我们在一星期后聊了一场通宵的电话而在通宵电话的第二天，他来我家过夜了。

三

你大概知道，在我们第一次过夜的时候，他跟她还没有分手，而作为一个高智商高情商的女人，我不但没有以这种事逼迫他跟她女朋友分手，反而好心好意地提出如何能让她女朋友不发现我们之间的事情的方法。

“不能让她知道，因为她知道了肯定会不开心，找你吵，你也不开心，你不开心，我也不开心，所以结果只能是三个人都不开心，何必呢？”我说。

他听了点点头，然后抱住了我。

后来他也一直有再找我，开始几次的时候他还会有些害怕被他女朋友发现，但在我良好……其实是简直完美的表现下（包括帮他想借口应付女友，在他讲电话的时候不发出一点声音，让他可以随时随地去见他女友而不带一丝醋意等等），他在我面前越来越放松，对跟我之间的关系也视为理所当然，并且因为从来没有提起我也从不让他有机会这么觉得，他甚至连对女友的罪恶感也没有，只觉得这是“异地恋的必然结果之一”。

而与此同时，他的绿茶婊女友一如既往地对他发脾气冷战吵闹，而每一次一旦有这样的事情发生，我就会出现在他身边安慰他开解他，我跟他一起去吃饭看电影，到游戏厅看他打街霸笑得像个孩子，我们晚上一起睡，有时候我会给他做饭，有时候他做饭给我吃，我们一起讲很多笑话跟很多情话，他不想说话心情不好的时候我会陪着他，他忙得无法经常跟我联系的时候我也不会缠着他，而只是间隔地留一些“我想你”“想起那次跟你在某地做某事的时候”“晚上突然惊醒，发现没有你在身边，有点不习惯”这类的句子。

简单来说，我保证了我带给他的感觉除了开心就是开心，我营造了这么一个“我们在一起很开心很温暖而且没有一点压力没有一点恼人的事”的氛围。

他发给她的信息越来越少越来越短也越来越敷衍，一个月后，她又向他发脾气提分手，他答应了，并且在这之后的两天里，他都没有主动去联系她。

我把这一切看在眼里，却仿佛什么事情都没有发生似的，依旧开开心心地跟他在一起。

只有蠢女人才会用哭喊打闹来试图留住男人，聪明的女人展示魅力，让男人觉得跟她在一起是珍贵并且值得感激的事情。

大约又过了一个星期吧，在他向所有朋友宣告自己已经彻底分手恢复单身之后。陈小柔发了一辑她自己去拍婚纱照的视频给他，并且在他回了一句“很漂亮，娶到你的人就幸福了”之后，回了一句“那个人是你也说不定呀”。

平心而论，那辑婚纱照确实把她拍得比真人漂亮得多，至于她莫名其妙走去拍婚纱照的原因，不用说就是发现自己当时是怎么运气好得误打误撞得到了一个抢手货而又被自己搞失去了之后，油然而生的一种“就算我不要你你也不可以是别人的”的想法，紧接着就臭不要脸地跟前男友搞起了暧昧。

只不过我也不是什么软弱无能的小说故事女主角，更何况大家都不是十几岁的年纪了，婊子人渣见多了，看到这种事也特别的心平气和。

我心平气和地请他跟我一起到公司年会，然后在当天穿了一件等于我三个月工资的贵哭了的晚礼服，从高跟鞋配饰晚宴包到妆容都全副武装。

橘黄色的玻璃顶灯的光打在我脸上，我看着他惊为天人的表情，微微地笑了起来。

怎么说呢，视频跟现场版毕竟是不一样的，而且只懂瞪大着眼睛斜着往上看四十五度自拍的小姑娘跟自带气场的成熟女人也是不一样的。

回去之后，他当着我的面删掉了他前女友的一切联系方式跟所有照片视频，他说他想跟我好好地在一起。没过多久，他就向所有人宣告我是他的新女朋友，并且搬了过来跟我一起住。

故事至此，以我的完胜告一段落。

四

我成了他的新女朋友。

但我现在觉得女友还是旧的好。

或者说，我觉得他跟任何一个女人在一起都无所谓，只要不是我。

其实真要说的话，这些事情也不是第一天才知道的了，凭着我这几年在职场摸爬打滚的经验，再加上正常人的智商跟情商，在认识周储没多久，甚至都不需要真人过多的接触，只是随意浏览一下这个人发的日常生活状态，就多多少少能感觉到些什么，日子再长一些，就更加能了解到了一些什么。比如他的不务正业，比如他的心浮气躁，比如他被女人宠坏的自私自利。

这一些本来早就知道的，完成没有造成吃惊感觉的事情，在恋爱初期被盲目的激情所掩盖，但过不了多久就如同沉在碗底的老鼠屎一样，一旦浮现出来就带来了全方位多角度的恶心感。

我开始对他感到恶心，他的自私、懒惰、无用、拖拉跟没有出息，使他再好看的脸也变得使人看着生厌。

“你今天几点回到家的？”我问。

“六点左右吧，怎么啦？”他在一家搞服装设计的工作室里给设计师当助手。

“公司有什么事情需要带回家来做吗？”

“没有啊。”他一边说一边吃着薯片，闲闲地看着电脑里播放着的综艺节目。

我看着被他弄得乱七八糟的房间，外卖盒子，没有洗的碗筷，地上的纸屑，胡乱堆放着的垃圾食品：“既然你有时间，为什么不收拾一下家里？”

“啊？等下收啦！”

但我知道这个“等下”是唯一会存在的实际行动，他会一直地重复“等下”，直到一星期来一次的保洁阿姨来我家把东西收拾好为止。

我把手里的包扔到他脸上，然后进房间里把房门锁上。

二十九岁，做着一份税后三四千块的工作，连自己租一间房子的钱都没有，搬来跟我住之前是跟另外四个人合租一个三房一厅，不思进取懒惰无能，却死要面子爱慕虚荣，给他自己买名牌，刷卡透支搞得身无分文，拆东墙补西墙，连出去吃饭看电影甚至充公交卡都要我出钱，住在我家时水电管理费一律没有理过，卫生不搞，一天到晚不是看无聊的港台剧就是没有营养的综艺节目，好不容易说要煮一次饭，却菜也不买煮完后厨房像激战后的废墟他也是不会去收拾的，完全一副小孩子玩过家家的样子。

可就是这么无能的一个人，却一天到晚异想天开地想各种各样的创业事业各种业，发什么“要努力变成优秀的人，才能保护自己心爱的人”，什么“梦想就是带你环游世界吃遍所有你爱的美食”，什么“平淡日子，跟你在自己的小家里温馨琐碎地过”之类的东西。或者说，之类的废话。因为从来都毫无实际行动的他，大概只是觉得这样的句子看起来漂亮或是讨人喜欢，才会说出来。

但是如果要问，他是真的爱我吗。

也许是的。

他身边一直有许多花花草草，蝴蝶桃花乱飞，但他从来没有接受过她们，还每一个都告诉我，就算跟谁出去吃个饭玩一下都要带上我，因为怕我误会。

他一天几百条信息发过来，时时刻刻都想黏着我，说晚上没有我睡都睡不好。

但是他的收入连我的五分之一都没有。

他说过要买给我的东西从来都没有买过，倒是会给他妈妈或给他自己买，他说要带我去的地方从来都没有去过，唯一一次旅费还全都是我出的。

他做着没有前途的工作，过着得过且过不思进取的生活，有一次我试探性开口要他去帮我买副耳钉，他就说你连买副耳钉的钱都没有吗？

情人节我买了蛋糕跟花回来跟他一起过，他却抱怨我买的蛋糕不够高级，花不够大束。

而他只是为我做过一次饭，却在朋友间也在我面前提过不下一百次，仿佛自己做了一件多了不得的事情。

他自私到不会付出，小气到付出一点点就拼命计较回报，而大多数时候，他只会不断地索取，索取，开口跟你要这要那，或是阴阳怪气地跟你冷暴力，像一只吸血鬼，把你身上的精神气都耗损得一干二净。

我跟他在一起，不但看不到未来，得不到营养，反而不断地被消耗，被吸干。

我渐渐明白了为什么他以前的女朋友会这样对待他，因为没有能力又自私自利的人，根本不值得任何好的对待。这是非常实际的事情。

不同于年轻时候的爱情，可以没有能力，可以没有钱，可以没有梦想没有目标没有计划，可以互相损耗互相伤害互相背叛互相欺骗依旧可以爱得轰轰烈烈喜欢得死去活来。

成年人的爱情，是一件非常实际的事情。

我们为着各种各样的理由而分手，所用的句式是“就算我喜欢这个人，但是他……”，“我确实是爱这个人的，可是……”。

因为我们终于长大到可以明白，在爱情里，仅仅有喜欢，甚至仅仅有爱，都是不够的。

在他正式搬进来一个月之后，他告诉我关于前任仍然经常打电话纠缠他的事情，我笑着告诉他我不介意，相反他应该多跟前任啊或者别人联系，交个朋友也好。

再过一个星期之后，我开始因为每件看不顺眼的小事朝他发脾气，并每隔两天提一次分手，我希望他是有一点自己的尊严的，可以自己从我的世界里离开。

很快地，他变得越来越烦躁，经常两天三天不回来，我大概知道他是去外面寻找安慰了，我不说穿也不吵闹，我毫无所谓地挑剔着他的一切毛病，看着他暴跳如雷地说狠话却反而感觉到由衷的平静。

我已经不再尊重他了，我不觉得他有什么好，我看不起他，我对他除了厌恶就是厌恶，我想甩掉他如同想甩掉一块干掉了的口香糖。

我的心情如此明显到连他也能察觉到，在我们关系存活的最后一天，我厌恶地看了一眼迟迟不去睡觉的他，啪的一声把灯关了然后自己上床睡觉，他坐在黑暗里点燃了一支烟，过了很久才问我：

“你是不是不爱我了？”

“为什么你们都要这样对我？”

“你甚至曾经有爱过我吗？”

五

我们的爱情以他对别人的背叛开始，终于他对我的背叛，说起来有点像个报应，但其实只是再正常不过的天性使然，有些人因为本性难改，所以爱情的模式免不了是一个重复排练的悲剧。

我跟他之后还时常有联系，我看着他的女朋友换了一个又一个，他每次都说要把最好的自己留给下一个女朋友，每一次都说要对下一个女朋友多么多么好，我听了就笑，说好啊好啊。

有时他也会问，那个人可不可以是我，我就跟他说，我还没准备好要一段认真的感情。

我们的轻松的不需要负责任的朋友关系维持了大概有一年的时间，

今年八月，我遇到了一个人，他风趣幽默，做事认真有能力，长得好看却不自知，感情世界简单干净，跟他在一起仿佛是那个“你最好的朋友成了你忠诚的爱人”的梦想的成真版，在遇到他的第二天，我跟周储，包括所有人都撇清了关系。

如果你问我，我想，大概总有一天，在某个时间点上，每个人都会遇到一个为自己量身定做的人，那个人让你知道你需要的是一段认真、干净、诚实的感情。

从那一天起，你知道你不会，也不想再是任何人的新女朋友。

为你写诗，为你节食

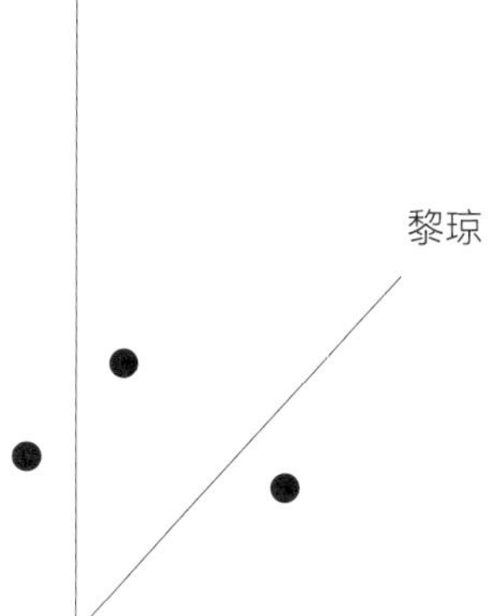

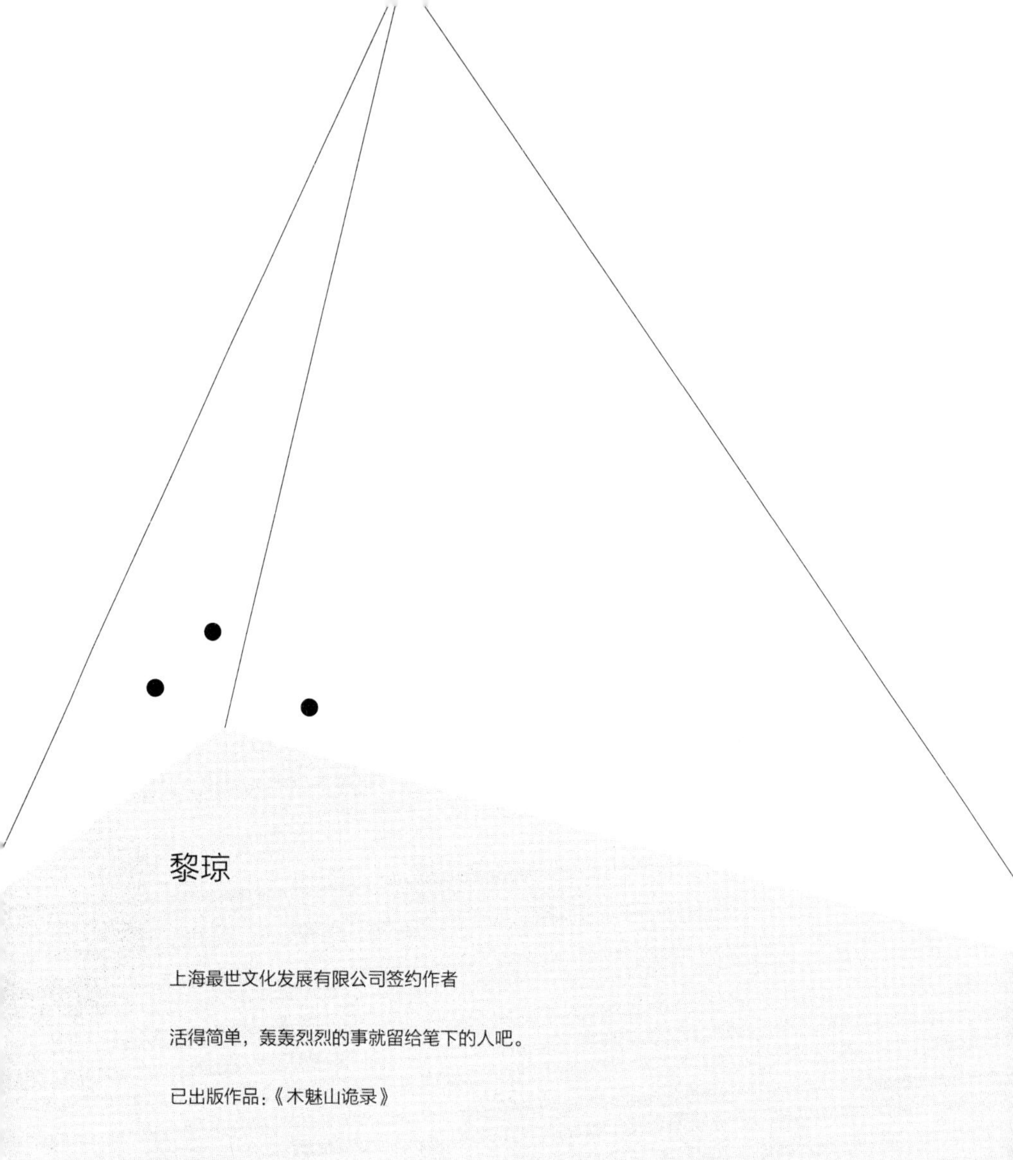

黎琼

上海最世文化发展有限公司签约作者

活得简单，轰轰烈烈的事就留给笔下的人吧。

已出版作品：《木魅山诡录》

大概是2008年，大学城附近开了第一家图书馆，在一条栽有很多杏树的宁静小路上，里面摆了好几层硕大的书架，书很新，种类齐全，一股特别的油墨味。旁边除了阅览室还有一个宽敞的自习区，一到下课就聚集了不少来看书的学生。

那年我刚上大学，假期时和欢欢在图书馆兼职，她位置后面的窗台正对着马路上满地的杏花，每天下午的时候，她会趴在窗台上看川流不息的行人，接着季旸会准时从小路里出来。

季旸也是附近的大学生，9月过后念大四，成绩优异，每次来图书馆都会借一本物理和原版的外文书。欢欢在登记的间隙里偷偷地打量过他，皮肤很白，个子大概到书架的第六层，但是太瘦，说话的声音很温柔。

每次对上他的眼睛，欢欢都自卑得坐立不安。

其实欢欢长得不赖，品行端正，可惜个子不高，却是一个一百五十多斤的胖子。她在玻璃柜子前转来转去，看着倒影里的自己，捏了捏脸上和腰上多余的赘肉，唉声叹气。我忍不住和她说，其实胖点好，体胖才能心宽，胖子脸皮也够厚，如果你真的喜欢就去试试吧。可是那时，欢欢从书与书之间的细缝里偷瞄着坐在自习区的季旸，她的目光变得渺小又难堪，她自言自语地念叨，这个世界上有千百种喜欢，我们都要等到彼此相匹配的那一种。

我明白欢欢的顾虑，因为有些界限的确不是那么容易跨越的，它需要做很多很多的努力，否则一旦失败，她大概就会永远陷在那个书和书之间无止境的缝隙里了。

为此欢欢曾经努力过。她拼了命地减肥，只有中午吃一顿，几条清淡的白菜，饿了就喝水，实在太饿就睡觉，第二天继续硬撑着长跑，把所有的精力都花在如何降低体重上。直到眼冒金星，低血糖在图书馆门口晕倒，被人艰难地抬上救护车。

那时我刚和男朋友分手，一周不到他就带着新女友出双入对地来图书馆自习，我看得怒火中烧，为了报复，把所有他们要借的资料书统统藏起来。可见男人都是人面兽心，承诺的天荒地老，就这样说不爱就不爱了。所以我不能理解欢欢的行为，等她醒来后便好言相劝，我用我的经验告诉她，爱慕一个人，可以为此放低姿态，但爱情一定会有终点的，别到头来落得连转身离开的自尊都没有了。这并不值得。

而欢欢一只手吊着葡萄糖，另一只手把我递给她的面包推回来，似懂非懂地点点头，然后和我说，原来我一直都错了，你看，这是我新制定的减肥计划，健康的。

这个世界上有千百种喜欢，息息相关是最美好的形容词，两颗心像磁铁，目光像平行线，双手十指紧扣，我们都愿意为之奋不顾身，任劳任怨。

欢欢的节食理念很浪漫，她经常说，试过仰望一个人，把对方变成了岸，遥不可及，而她披荆斩棘，也只是想换来登船的资格。我打趣她，对，胖子会把船坐沉，胖子是没有尊严的。说到这句话的时候她的肚子很应景地咕噜噜响起来。此后欢欢开始了新的健康减肥法，有规律地控制饮食，慢跑，少食多餐，不过依然是清汤寡水，面对薯片炸鸡临危不乱，让我不禁感叹爱情的魔障。

一个月后，欢欢成功瘦身十斤，她在体重秤上惊得难以置信，欢呼雀跃。那天下午，季旸比往日来得要早，在前台刷书的时候，主动和欢欢说了第一句话。他的眼睛很亮，他察觉到了，并微笑着说，你瘦了。这句话让欢欢愣了半天，并反复咀嚼，那一天图书馆人来人往，窗外落英缤纷，到处都更改着万千事项，可是他一眼就看出了她的变化。

季旸的那三个字成了欢欢继续减肥的动力，有一种狂奔叫作义无反顾，就像在背后烧了一把火，不往前冲就会被烧成灰烬。我不知道欢欢是不是属于这种，但是那次之后，似乎少吃一点肉和多跑一公里让她觉得不那么痛苦了。

有了那次开头，欢欢和季旸的对话开始逐渐多起来。起先是季旸先说一两句，欢欢每次都能接上，一来二回，欢欢也鼓起勇气主动找话题和他聊天。他们聊功课和网球，季旸最喜欢的球星是罗迪克，喜欢下雨天，但总是不记得带伞，这些欢欢都了如指掌。再后来也谈论赛车和动漫，原来季旸并不是那种只会死读书的好学生，他会画画，会弹钢琴，梦想成为赛车手，也喜欢看电影和研究星座，之后这些慢慢都变成了欢欢的兴趣。

大概有的时候努力地投其所好，不仅仅是因为喜欢，也想变成像对方一样更好的人。

六月的时候，馆长在自习区的墙上刷了一面留言墙，鼓励来此准备期末考的学生。粉白的墙壁上很快就贴满了花花绿绿的留言，可是励志的话不多，倒成了情侣们互相表白的胜地。欢欢也用一张粉色的心形便签给季旸打气，贴在他常坐的位置旁边，只写一句“加油”。

欢欢瘦了十五斤，成功地和季旸变成了好朋友，她了解他的喜好和习惯，知道他爱吃青梅，就在他每次来借书的时候往他的书里夹一包，抽屉里随时准备着给他的饮料和雨伞。他们基本上无话不谈，也有羞于启齿的，不敢说的话欢欢都写在了留言墙上，不过每次都没有落款，淹没在无数的情话之间。

很快那些便签大大小小地写完了好几本，我看不下去，劝她写得明显一点，欢欢在我的怂恿下终于直白地写下了一句“季旸我喜欢你”，而在写自己名字的时候她再次犹豫了，笔尖点在最后的位置，直到墨水渐渐渗透也没能提起勇气，最终落款的地方只有黑色的两个小点。我正恨铁不成钢，可是没想到这次季旸竟然回复了，在那张便签的下面写了一串程序编码。

欢欢很高兴，却摸不着头脑，对着那段程序苦思冥想，我成绩不好，也爱莫能助。直到两天后，被隔壁理工学校的一个女学生轻而易举地破解。理工女有个很文静的名字，是他们学校有名的才女，个子高挑，大概九十斤不到，喜欢穿碎花的短裙。那样的人脸上总是充满着自信和才情。理工女来借书的当口，看到了那串程序，不到半分钟就写下了答案。

这件事后来被传成了一段美谈，才子配佳人，天生一对，只有我能理解欢欢的心酸，月老没有因为她的辛苦而垂怜，却让她为别人牵了一次红线。

此后欢欢更加发奋减肥，食物减半，健康抛诸脑后，开启极速模式。我以为她的这种勇气可以支撑起饿扁的身体，可是她却说，越努力，心里就会越孤单，因为时间在走，等的人未必还在原地。欢欢成功减到一百一十斤的时候，终于迫不及待地写下了第一封留有自己名字的告白信，贴在最显眼的位置。可是这次，季旸却没有看见。

一天，两天，那张蓝白格子的小信纸上画了一颗爱心，却被孤零零地贴在那里，然后渐渐被其他便签覆盖遮挡，变成一颗落入海底而没有回音的稀烂的心。

那时下了入夏以来的第一场暴雨，季旸视而不见地走过留言墙，头也不回，门外响起噼里啪啦的雨声，欢欢慌忙拉开抽屉，里面有一把特地为他准备的雨伞。欢欢追到公车站，大概有些话根本不必言说，它本身就带着爱慕的光芒，可最终季旸还是没有回应他。最后她只是把伞递给了他，接着目送着他的背影走上了理工学校的车。

雨越下越大，很快打湿了欢欢的肩膀和头发，冒着雨跑回来的时候，欢欢的手里捏着那张千辛万苦从留言墙上找回来的信，那封信终究没有成功送出去，被她紧紧地攥在手上，因为被雨淋湿，上面的字化成了一团，模糊得再也看不清了。

最悲伤的事，是有的人一鼓作气，却一下子花光了真心。那次欢欢得了很严重的感冒，两周后再次暴瘦十斤。原本那些被她狠心遗弃的食物成了她的信念，却被人这样无视，让我都替食物感到惋惜。

一百斤的欢欢称得上窈窕淑女，而季旸却再也没有来图书馆。理工学校离图书馆较远，加上有专门的自习室，听说季旸每天都在那里陪着理工女一起复习，9月后准备在同一个地方实习。尽管如此，欢欢依然在坚持着节食，那时候她的身材看起来已经很好，不是瘦削的骨感但均匀有致，脸上也因为减去了多余的肉而让五官立体而丰满。可惜无论她变得多么美好，都少了一个重要的人。

新学期开始后，欢欢就辞去了图书馆的工作。最后一天，我默默地替她收拾着东西，那时已经到了闭馆的时间，她孤寂的背影对着那堵留言墙，手上拿着一本犬夜叉的台历，上面用红笔花了好多个圈圈。我不发一言，有些伤感，好像我们都不是一个会拼命的人，但是努力工作，努力一个人吃饭，看日落，逛熙熙攘攘的街道，如果顺利地没有想起任何人，就在日历上画一个圈，然后过了很久很久，那每一笔鲜艳的红色，都代表了我曾经努力忘记你的一天。

收拾好东西往回走的时候，我试着问她，既然这样，有没有试着争取过。欢欢两手一摊，说后来她去表白过一次，就在理工学校的门口，不过被拒绝了。不是当初所害怕的那种被羞辱的方式，而是和平的拒绝。她和我说这句话的时候我们正路过小吃街，欢欢下意识地停在一个啤酒摊前，烧烤的味道飘进鼻尖，桌子上很多人三三两两的喝酒划拳。

欢欢看得眼睛都红了，说她好久没有这么敞开着吃了，我听得鼻子一酸。她说对一个胖子而言，减肥真他 × 太痛苦了，有好几次都以为自己会饿得活不下去了，可是季旸的拒绝却是那么和缓简单，甚至让她挑不出一丝的埋怨，所以现在，她只想自己可以过得好一点。我用力地点点头，去他的卡路里，索性今晚不醉不归。

欢欢走后，只有我无聊地继续在图书馆工作，日复一日地悠闲，体重增加了不少。欢欢却始终保持着匀称的身材，那时候她九十多斤，玲珑有致，宽松的长裤统统变成了各式各样的裙子。我有些羡慕地问她是不是还在减肥，她摇摇头苦笑，说爱吃吃，大概因为心里漏了一个洞，所有的能量都用来填补了那个空缺吧。

两年后我们进入实习期，欢欢是个八十斤的标准美女，身材火辣，追求者前赴后继，或许那时候有些人已经彻底成了过去，因为欢欢正在全力以赴地做着更好的自己。我们实习结束后，在学校待最后半年，那时季旸早已出社会拼搏，再次见到他的时候他在图书馆借书，清一色的销售书，那本题目是《如何打动客户》的书被他放在了前面，也许是多年的应酬交际，当年穿白衬衫瘦削的少年已经有些发福，肚腩在紧身的衣服里微微显出来。

这个落差让我感到诧异。欢欢已出落成了女神，举止优雅，落落大方，特别是为了迎接职场而准备的贴身套装，细长的腿包裹在裙子里。加上那段时间的累积，她不是那种无趣的人，她懂汽车懂网球，能从第一句开始知道对方的兴趣，会抓重点善解人意，对鉴赏画作和星座都能侃侃而谈，这些从前都是她的兴趣，现在变成了她的利器。没人会再记得她抱着薯片满脸横肉的模样，也没有人会在意她曾经为了减肥而跑步节食的艰辛日子。时间是刻刀，只会留下最终的模样，销毁爱情的半成品。

所以在那天再次见到季旸的时候，她也只是云淡风轻地问了我一句，刚才那个不是季旸吗，我回头看，他提着一袋书，阳光照在他行色匆匆的脸上，我回答好像是吧，大家都变了呢。没错，最终我们都会忘了曾经这么拼命努力的初衷和意义，是为了能和你肩并肩走在一起，还是为了看你对我青睐的目光？我咬紧牙关，并不是为了你挂满一身伤疤，而是为了脱胎换骨成更好的自己。

我们毕业的那天，回图书馆还最后一批书，欢欢打算回老家工作，当初那几本被她视若珍宝的网球杂志和赛车的书籍也统统捐给了图书馆，她边打包边笑着说，东西太多了，带不走，看不完的等下回再看吧。

我们从图书馆出来的时候，馆长正在重新粉刷留言墙，大概他也看出了这个墙壁弊大于利，所以决定把上面的字条统统撕下来，挂上马克思和爱因斯坦的画像，无论如何，陪伴我们三年的留言墙被粉刷得一干二净，如同我们即将结束的青春，面目全非，只剩缅怀。

欢欢走得决绝，只有我忍不住回头看了一眼，那时地上有张粉色的心形便签，好像是欢欢辞职前留的最后一张，上面的字写得工工整整，却被滴落的油漆盖住了，要很认真才能看得出来了。我跟馆长说了一句再见，然后追上欢欢的脚步。门外的阳光非常好，温暖和煦，我想了好一会儿才明白了那句话。

——这个世界并非那么糟糕，虽然我不曾和你下雨天满世界地奔跑，虽然我们没有实现开着车听风在耳边呼啸，虽然上帝最终没能让有情人的结局如愿以偿，可是和你待在一起的短暂的每一分一秒，都是我认认真真、用心陪你走过的时光。

欢欢 to 季旸

雪中远景

肖以默

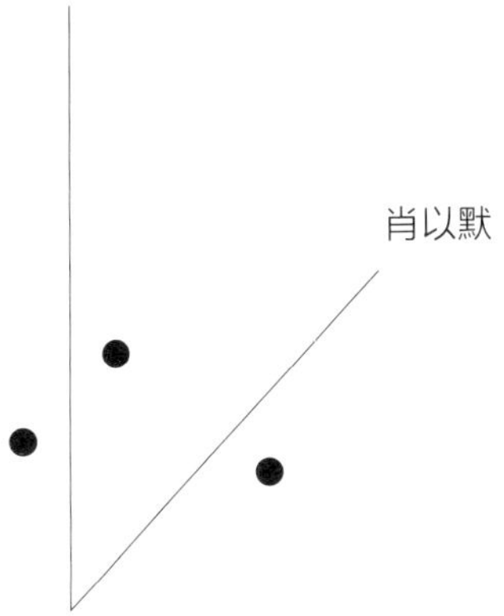

肖以默

上海最世文化发展有限公司签约作者

痛苦是梦的一部分，人生的意义在于真实。

已出版作品：《白色群像》《骑誓·十字骑士的诅咒》《昔夏杉树镇》《时雨记》《深深》

一觉醒来，丁晓辉盼望的事情竟然真的实现了。

无论怎么绞尽脑汁，他也想不起来关于自己的任何信息，不仅如此，父母、朋友、同事也统统忘得一干二净。一对五十多岁的夫妻自称是他的父母，男的告诉他，他叫丁晓辉，是他们唯一的儿子，今年二十四岁，在一家房产中介公司上班。那个胖乎乎的女人，也就是他的母亲，没说几句话就忍不住哭了起来。看样子，他们不太可能是骗子。

然而，在丁晓辉几乎被洗劫一空的记忆里，似乎还残留着一个模糊的影子。他努力顺着黑暗中的一点点光亮摸索过去，但每次刚刚靠近到能够看清轮廓的时候，那个影子又重新被迷雾包围起来了，如此反复，他开始怀疑或许是自己产生了错觉。

直到某天，陈心怡拎着一袋了水果走进他的病房里，他才恍然大悟。

陈心怡把水果放在床头柜上，有点不知所措地站在床边。她身材苗条，穿着一件毛茸茸的白色上衣，虽然季节已是深秋，但她仍旧舍不得换掉短裙，她的脸在严肃的时候显得又瘦又长，只有笑起来才稍微变得圆润可爱一点。她紧闭双唇，用同情的目光看着丁晓辉缠着绷带的脑袋。

“怎么搞成这样子？”她问，语气中带着一丝责怪。

“出车祸了。”丁晓辉像犯了错误的小孩，心里羞怯，嘴上却说得满不在乎。

“又喝酒来着？”

“对。”

陈心怡不耐烦地从鼻子里长长地出了口气，仿佛某种栖息在森林里的巨大生物捕猎前发出的危险信号。

“又怎么了？”丁晓辉觉出气氛不妙，急着想要先发制人。

“没什么，事已至此……”陈心怡压住脾气，“和你那帮狐朋狗友一起喝的吗？”

“我自己喝的，本来没事，那个开车的浑蛋突然拐出来，我根本来不及躲。”

“说来说去，你喝得醉醺醺骑电动车本来就很危险。”

“好好好，是我咎由自取。”

两人沉默了一会儿。

“说起来……我也有责任。”陈心怡说。

“关你什么事？”

“是我跟你分手，你才去喝酒的。”

“不赖你。”

“听说……你不记得……”

丁晓辉略一沉吟，苦笑着说：“醒了以后什么都想不起来了，这就是传说中的失忆吧。”

“奇怪，你为什么还认识我？”

“不知道，说实话，之前我倒巴不得脑袋被花盆砸中，要么摔个跟头正好撞到石头，然后把一切统统忘光，那样就能忘了你，忘了你，我也不用再那么痛苦了，结果上帝又跟我开了个玩笑。”

“除了我，你还记得谁吗？”陈心怡问。

“其他人都忘得一干二净，包括我自己。”

病房里再次陷入一阵尴尬的静默。

“刚刚见到你，和你有关的回忆一下子都想起来了，好像压根儿没忘过。”丁晓辉说，“但是如果不去想你，脑子就会立刻变得一片空白，连自己到底是什么样的人也不清楚了。”

“那你现在觉得自己是什么样的人？”

“大概是个很笨，又招人厌恶、一文不值的人。”

“的确很笨，不过好歹还算诚实。”陈心怡安慰道。

“我的第一个念头是，离开我，你是对的。”

“不说了。”陈心怡从袋子里拿出一个橘子，剥好皮递给丁晓辉。

“好像每次和我吵架，你都显得比我冷静。”丁晓辉把一瓣橘子放进嘴里，橘子很酸，他微微皱了下眉，强忍着咽了下去。

“也纠结的，但是基因决定了有的事情你做得出来，我再难过也做不出来。”

“总之，你讨厌我，我却一直没有自知之明，硬要死缠烂打，癞蛤蟆想吃天鹅肉。”

“怪你自己缺点太多。”陈心怡说。

“是啊，可谁都有缺点，不是我为自己辩解，我在这方面还是挺有自知之明的。”

“光有自知之明有什么用，不合适还是不合适。”

“那就彻底重新开始呗。”丁晓辉故作潇洒地说。

“嗯，我累了。”

“我也是，早点回去休息吧，我也要睡一会儿，头疼。”丁晓辉说。

“好。”陈心怡站起来，“那我走咯，拜拜。”

“拜拜，谢谢你来看我。”

陈心怡抿了抿嘴，脸上露出难以启齿的表情。

“如果我再给你一次机会，你还愿意跟我和好吗？”她问。

“有些问题解决不了的话，就算和好，早晚也得重复同样的结局。”

“哦……算了。”

“咱们都冷静冷静，认真考虑考虑再说。”

“好的，拜拜。”陈心怡快步走到门口。

“等等！”丁晓辉突然叫住了她。

“怎么？”陈心怡回过头，冷冰冰地问道。

“别走，我愿意。”

陈心怡回去的时候天色已晚，病房里亮起白色的灯光，父亲送来了妈妈炖的鸡汤，但冷冷的光线以及消毒水和尿液混在一起的味道让丁晓辉一点胃口也没有。父亲走后，他拿起一本艾勒里・奎因的侦探小说躺在床上读起来，跟交往三年的女友重归于好应该是值得高兴的事，可不知为什么，他的心情依然有些复杂，精神根本无法集中，十分钟过去了，他连一页都没有看完。

终于，丁晓辉确定无疑地认识到，他与陈心怡之间已经有了距离，而产生距离的原因，他们两个心知肚明，却都不愿坦诚面对和解决。而倘若这个问题仍旧存在，即便暂时和好，也不过是悲剧的重演罢了。随着一次次的分手、复合，他们彼此的距离越来越遥远，感情也变得越来越淡漠。

然而，像被施了某种咒语一般，丁晓辉还是离不开陈心怡，陈心怡也舍不得丁晓辉。

同时，那个谜一样的问题又让两人清楚地预感到：迟早有一天，他们会彻底失去对方。

更不可思议的是，他们甚至不知道这一预感究竟让自己觉得遗憾，还是感到轻松。

或许是头部受伤失去记忆的缘故，丁晓辉的脑子比平常好使了许多。

他左思右想之后，得出一个结论。

仿佛巨大的山脉横亘于他与陈心怡面前的核心问题，是爱或不爱。

如果不是被逼得走投无路，丁晓辉肯定不会花时间去思考“爱情是什么”这种劳什子。但是现在，他不得不从头到尾回顾与陈心怡谈的这场恋爱，弄明白他们的爱情到底算什么。不仅如此，目前他只有依靠和陈心怡相关的记忆才能把支离破碎的自己重新拼凑完整。

宿命也罢，巧合也罢，此时此刻，在这个世界上，陈心怡是唯一留在丁晓辉记忆里的人。

三年前的冬天，丁晓辉第一次见到陈心怡。

那是个飘雪的午后，雨水夹着雪花从天而降，空气又湿又冷。丁晓辉站在车水马龙的十字路口，半长不短的头发被雨雪打得湿漉漉的。

“你好。”一个女孩忽然在他面前停下脚步，干脆地打了声招呼。

“你好！”丁晓辉如梦初醒一般看着陈心怡。

她和丁晓辉想象中的样子差不多，长长的直发，苗条的身材，白皙的皮肤，穿一件女式长款休闲风衣，妆也化得恰到好处，虽然长相并不属于美女，但陈心怡拥有某种强烈吸引丁晓辉的气质，他第一眼看到陈心怡，就觉得她与过去认识的所有女孩都截然不同。

“房子离这里不远，我们走过去吧。”丁晓辉显得有些害羞。

“好啊。”陈心怡一面说，一面偷偷打量眼前这个腼腆的男孩。他的发型中规中矩，标准的上班族打扮，长得比实际年龄年轻几岁。他不算英俊，个子不是很高，看上去似乎精神也有点萎靡。然而不可思议的是，丁晓辉的身上同样有某种东西让陈心怡感到触动。

两人一路没说太多的话，仿佛对方是从未有过交集的陌生人。他们是认识几个月的网友，因为聊得来，陈心怡又正好想租房子，就决定借此机会见面。

“看完房子我们去哪里？”陈心怡问。

“去吃饭吗？附近有家不错的餐厅。”

“好啊。”陈心怡微笑道。

房子是普通的一室一厅，装修风格干净简单，家具电器一应俱全，虽然属于中高端小区，租金却比同类的房子略低一些。

“小区附近超市、菜场都有，你觉得怎么样？”丁晓辉问。

“不错。”陈心怡说。

“房东要移民，所以把房子委托给我们了，这个价格也挺合适的。”

“那我们签合同吧。”

办完正事，两个人坐在客厅的沙发上有一句没一句地聊天。

“你们公司离这里也不远吧。”

“上次你给我推荐的电影很好看。”

“这雪估计要下到晚上了……”

“对了，听说房价又要涨，是真的吗？”

在这样平淡无奇的对话中，时间像无声飘落的雪花般一分一秒地消融了。丁晓辉的内心泛着层层涟漪，仿佛一颗巨石落入平静的湖中，陈心怡也显得有些不自在，房间里开始出现让人难受的沉默，每次沉默的时间也越来越长。终于，陈心怡从沙发上站起来，踱到卧室的窗前望着下面的街景。

丁晓辉靠在门口看了一会儿陈心怡的背影，蓦地，一股神秘的力量驱使着他迈开脚步朝陈心怡走了过去。

他伸出一只手，从后面轻轻撩拨她的长发，她的头发像水一样从丁晓辉的指间淌过，无声无息，却仿佛有阵阵海浪拍打着胸口。陈心怡缓缓转过身子，不敢直视丁晓辉的眼睛，只是小心翼翼地抱住他的背，一点一点靠近他的脸。

那天他们吻了很久，有那么一瞬间，丁晓辉希望能永远这样吻下去，吻到死也心甘情愿。吻着吻着，陈心怡忽然把舌头探进丁晓辉的耳朵里一阵舔吮，他痒得厉害，好几次忍不住笑出了声。丁晓辉长这么大，耳朵还是头一次如此舒服。

晚上，雪下大了，丁晓辉带陈心怡去附近一家餐厅吃饭，然后送她到公共汽车站。两人呼着白气，一片片鹅毛似的雪花落在头上，很快变成星星点点的白色冰碴。他们站在夜幕之下，看着灯火辉煌的街市和熙来攘往的车流，心底里渐渐涌出一股淡淡的幸福。

交往一段时间以后，陈心怡对丁晓辉说："第一次见到你，就觉得长得不帅，精神也萎靡，看上去有点让人同情的感觉。"

"那你为什么要跟我好？"丁晓辉问。

"不知道，大概觉得自己和你很像吧。"

"现在觉得我怎么样？"

"会打扮了，人也比过去成熟，但还是萎靡，而且很笨。"

"一猜你就说不出什么好话。"

……

想到这儿，丁晓辉总算有了一点困意。

冰冷的月光透过窗帘的缝隙飘洒进来，勾勒出病房的轮廓。丁晓辉在黑暗中听了一会儿微弱的鼻鼾和时钟的嘀嗒声，便沉沉地睡了过去。

又过了一星期，丁晓辉出院了。

"感觉就像刚从监狱放出来似的。"他对陈心怡说。

"请你吃顿饭庆祝庆祝吧，有家不错的餐厅，菜做得特别清淡。"陈心怡说。

“好啊。”

这段时间，他们两个相处得很好，爱情仿佛回到了最初的模样，简单、平静、妙不可言。丁晓辉不再显得愚蠢和幼稚，陈心怡又成了那个温柔懂事的天使，他们发觉从前光顾着吵架，还有很多话没来得及跟对方讲，他们重新找到了那些彼此之间的共同点，以及让他们一起哭、一起笑的记忆。

此时此刻，丁晓辉与陈心怡的感情，是他唯一能够称之为记忆的东西。或者说，是他曾经存在的证明。丁晓辉感到前所未有的踏实，好像紧紧拥抱着一颗坚硬、火热的心，那种劫后余生的幸福和喜悦几乎让他流下眼泪。

尽管如此，丁晓辉毕竟失去了大部分记忆，他不时觉得一阵阵空虚迷茫汹涌袭来，这种感觉令他十分烦躁，动不动就会否定自己的一切。每当一个人独处的时候，他便搜肠刮肚地回想与陈心怡在一起的点点滴滴，这些宝贵的记忆俨然成了医治他的特效药。

他从吃过的美味佳肴想到看过的电影，从买过的礼物想到去过的约会场所，他回忆陈心怡对自己说过的每一件心事，倾诉的每一个秘密，发过的每一次脾气。那些恬静的夏日黄昏，飘着沥沥秋雨的夜晚，空气中荡漾着松针与青草味道的早晨，一幕幕画面像电影镜头般掠过丁晓辉的脑海，每一个记忆片段都让他仿佛身临其境，甚至有种时光倒流的错觉。

有一次，他和陈心怡一起去旅行，住的是一家快捷酒店。酒店的房间很小，但布置得还算干净整洁，设施也比较齐全。房间紧挨着一条高架轨道，每隔十分钟左右就有一辆城铁经过，一节节车厢从眼前飞逝，距离近得甚至能隐约看清乘客的身影。住在那里的时候，每天都有人顺着门缝往屋里扔两次卡片，花里胡哨的卡片上印着“天使之家”四个字和一行电话号码，另一面是各种年轻女孩的性感照片，每个人都竭尽所能地露出一副欲求不满的表情。

“你说那些女的，本人会不会长得很难看。”陈心怡坐在床上，边给丁晓辉掏耳朵边说。

“不知道，要不要打电话叫来一个瞅瞅。”丁晓辉说。

“有病。”

“轻点轻点……我开玩笑的。”

“应该在门口贴个告示，说我们不需要这种服务。”陈心怡说。

“没用，干脆下次等他们发的时候，你赶紧大声呻吟几下，他们就知道这里有女人了。”

“神经病，你自己学女人呻吟吧。”说着，陈心怡放下耳挖勺，从桌子上拿起一摞卡片，问丁晓辉，“你最喜欢哪个？”

“嗯……这个。”丁晓辉抽出一张卡片说道。

“原来你喜欢成熟的。”陈心怡仔细端详着卡片上的女孩。

“是啊。”

“如果让你和一个比你大的女人结婚，你最多能接受大几岁？”

“十岁。”丁晓辉说。

“这么多，你尺度好大啊。”

“年龄不是问题嘛。”

“那你觉得这些女的哪个和我长得最像。”陈心怡问。

丁晓辉来回翻看手里的卡片，想了半天也得不出结论。

“都没你好看。”他说。

“真的假的？”

“真的。”

“可我觉得自己长得不怎么样。”

“又来了……你有点自信行不行，反正我觉得你挺好看的。”

“不化妆呢？”

“还好。”

“一下子就变成‘还好’啦？”

“不是那个意思，你不化妆也不难看。”

“什么叫不难看啊。”

“总之和化妆以后差别不是很大。”

“你不够诚实。”陈心怡说。

“怎么不诚实了，爱信不信。”

“好吧。”陈心怡笑了笑。

翌日清晨，天还未亮丁晓辉就醒了，他盯着陈心怡熟睡的背影，然后在被子里慢慢朝陈心怡靠拢过去。他把陈心怡搂在怀里，一只手轻轻抚摸她柔软的身体，仿佛要和她重叠为一体似的从后面使劲贴紧她。少顷，陈心怡迷迷糊糊地被他从梦中唤醒，慢慢转过来吻他的脸颊和嘴唇。

“亲亲耳朵。”丁晓辉小声说。

听罢，陈心怡开始毫不吝啬地施展自己亲耳朵的拿手好戏。

全世界只有她掌握了亲耳朵的美妙魔法，她是亲耳朵的大师，假如有“国际亲耳朵交流协会”之类的组织，她一定是当之无愧的形象大使。

……

激情过后，丁晓辉和陈心怡躺在床上，外面刚蒙蒙亮，一丝拂晓的微光透过窗帘的缝隙照射进来。

“给你听一首钢琴曲吧，我很喜欢的。”陈心怡说。

“好。”

陈心怡拿起手机鼓捣了几下，耳边随即响起了贝多芬的《月光》。

“你会一直喜欢我吗？”陈心怡问。

“会。”丁晓辉说。

这时，一辆列车咔嗒咔嗒地从窗外驶过，车厢的影子投映在床边的墙壁上，不一会儿就消失不见了。

转眼已经出院一个月，丁晓辉暂时没有上班，除了跟陈心怡见面，他大部分时间都待在家里看书，或者上网查找各种关于失忆的信息，偶尔出去散散步，和过去的朋友们吃个饭。大家七嘴八舌地给他讲了很多过去的趣事，想尽量帮他多找回一些记忆，他也渐渐和他们重新熟络起来。

“对了，你打算什么时候去上班？”

某天看完电影回家的路上，陈心怡突然问丁晓辉。

“不知道，原来的工作恐怕不能干了。”丁晓辉说。

“那你准备干什么？”

“还没想好。”

“总不能就这么耗着吧，你的脑子会越待越笨的。”

“你以为我愿意在家游手好闲啊。”

“随便，我只是提醒你一下。”陈心怡没好气地说。

“我现在很烦，你不帮我想办法也就算了，还逼我。”

“谁逼你了，我说了随便你。”

“难道你没发现自己非常缺少同情心吗？”丁晓辉强忍着怒火问道。

“反正你受了天大的伤害，全世界的人都得像哄婴儿一样哄着你。”

“又开始给别人下定义了，从你的嘴里真的就听不到什么好话。”

“不跟你多讲了。”

“而且一没理就会说‘不跟你多讲了’，你能不能换一句新鲜的？”

“因为你自己脑子进水，道理和你根本说不通。”陈心怡说。

“每次都是你不讲理。”丁晓辉说。

“明明是我一不开心你就会比我跳得更高，更不用说你的心胸是多么狭窄，你是多么不知好赖了，真的，你有时候一点都不像个男人。”

“用不用我提醒一下你是怎么不讲理的？”

“懒得跟你多说。”陈心怡加快了脚步。

丁晓辉追上陈心怡：“有一次我生病在家休息，头痛得要死，你下了班给我打电话，说到一半地铁里没信号了，我喂了半天没声音，就先挂掉了，于是你就不依不饶地说我挂你电话；你每次和同事玩到半夜回家都让我等你，我只有一次因为实在太困所以先睡了，然后你第二天就发脾气，好像受了天大的委屈，还给我安了很多莫名其妙的罪名；还有一次……”

“有完没完？别逼我在大街上跟你大吼大叫。”陈心怡威胁道。

“拜托你除了数落我、要求我，也看看自己的毛病吧，你自私、傲慢、脾气又差，一有倒霉事就把错误归咎于我，在我的记忆里，你几乎从来不会关心我，只会由着你的性子强迫我做这做那。”

“既然你记的都是这些，倒不如都忘光。”陈心怡说。

“我恨不得把你忘得一干二净，可现在偏偏只记得你！”

“那就分手。”陈心怡平静地说。

“又来了，原本以为这次的结局会和过去不同，没想到什么都没有改变，一直以来我真的搞不清楚，你到底爱不爱我。”

“不爱。”

“既然如此，分手吧。”

“好的，再见。”

“再见。”丁晓辉说。

言罢，陈心怡转身独自沿着街道往车站走去。

和往常一样，丁晓辉顿时感到如释重负，内心再次泛起对新生活的期盼：结束了，今后永远不必再受这段关系的折磨，她不是最好的，我还没有遇到那段命中注定的缘分……

突然，他的头剧烈地疼起来，好像有人正用电锯一点一点切割他的脑袋似的。丁晓辉痛得双手捂住脑袋弯下腰，意识渐渐变得模糊。

……

睁开眼，丁晓辉发现自己又回到了病房。

“你醒啦，头还痛吗？”陈心怡问。

“不疼了。”丁晓辉说。

“叔叔阿姨去给你买吃的了，肚子饿了吧。”

“还好。”

“有件事，也许是好消息，也许是坏消息。”

“什么事？”

“医生说……之前你只是暂时保留过去某些印象特别深刻的记忆，很快应该会完全忘掉，不过好在你记得的只有我。”陈心怡苦笑着说。

丁晓辉躺在床上缄口不语。

“总算可以把我忘了，对你来说是好消息还是坏消息呢？”陈心怡问。

“不知道。”丁晓辉喃喃地说。

“也好，你不是正好想忘了我吗，反正我们也要分手了。”

“嗯，或许可以借这个机会彻底解脱。”

“那我走了，你好好休息。”陈心怡说。

“送送你吧，我没事，想出去透透气。”丁晓辉坐起来穿上鞋子。

“好。”

不知什么时候，天空飘起了雪花。

萤火般的白雪照亮了漆黑的庭院，长椅已经积了一层薄薄的雪粉。丁晓辉和陈心怡漫步在狭窄曲折的小道上，不远处有一盏孤零零的路灯，微弱的灯光下飞舞的雪片仿佛夏日的蚊虫，墙外传来夜晚街市的喧嚣。

“记得我们第一次见面就是这样的雪天。”陈心怡说。

“是啊，对了，是你把我送到医院来的？”丁晓辉问。

“不然还能有谁。”

“你不是走了吗？”

“没走多远就回头看了一眼，觉得你可能还站在那里。”

“刚才是我不好，最近容易烦躁，对不起。”丁晓辉说。

“我也不该逼你的。”

“有时候我搞不懂某些事情。”

“比如呢？”

“最初我们在一起时的那种状态，不知不觉就再也找不回来了，我想不明白，为什么我们不能好好相处下去，又死活分不开。”丁晓辉说。

“大概我们都属于没办法干脆利落下决心的人，一开始我就和你说了，之所以看上你，是因为觉得你有些地方跟我很像，但说到底，我们两个还是不合适，继续交往也很难有美好的结果。”陈心怡说。

“我还是不懂，所谓的不合适，究竟是什么意思。”

“性格。”

丁晓辉苦笑着说：“或许根本就不存在什么合适不合适，不同的人都会有不同的缺点，没遇见的永远都比已经得到的好。”

“那是你的理解。”陈心怡说。

“要我说，爱情从来就没对过，只看能接受对方错到什么地步。”

“即使真是这样，我们不是也无法接受彼此了吗？”

“如果能回到刚认识的时候就好了。”丁晓辉喟叹道，“那时你对我相敬如宾，又充满了好奇心，甚至还有点崇拜吧。”

“是啊，你对我也特别温柔。”

“简直像学生时代的恋爱一样简单，让人毫无防备，心里有说不出的幸福。”

“后来你的脾气越来越坏，对我很没耐心。”陈心怡说。

“谁叫我总是惹你生气，不管怎么提醒自己，稍不留神就会触发警报，然后就是没完没了的道歉和解释，而你又厌恶我的解释，结果连我都开始厌恶我自己，于是一次次恼羞成怒。”

“其实我生气你只要不跟我说那么多，很快就会没事的。”

“可你有时候生气的理由实在让人无法接受。”丁晓辉说，“而且我非常讨厌为了鸡毛蒜皮的事情闹不痛快，我纳闷你为什么不能宽容点？”

“所以我们不合适。”陈心怡重复道。

“对，你还很嫌弃我，老挑我的毛病。”

“因为我感觉不到爱。”陈心怡哽咽着说。

“为什么？你每次说自己不好看的时候我都鼓励你夸奖你，我从来不挑剔你什么缺点，从来没有主动对你生过气，你要做什么我都支持你，大部分愿望也都满足你了，你说东我很少说西，也不像别人那样逼你减肥，我曾经不止一次说过，你是我遇到过的最优秀的女孩，这些难道都不是爱吗？”

“别骗自己了，你已经不那么爱我了……”

“那我想问，你爱我吗？”丁晓辉话一脱口便有点后悔。

“不知道……我不知道……”陈心怡擦了擦眼角。

“我辜负了你的期望。”丁晓辉说。

“你还记得吗？”陈心怡问，“原来你很喜欢叫我‘小宝宝’，一感到不安你就会像受了惊吓的孩子似的改口叫我‘小宝’，只要你一叫我‘小宝’，我就知道你肯定有心事，可你在出车祸之前已经很久没叫过我了。”

“对不起。”

“刚交往的时候，情人节和生日你都会买花送到我的公司，平常也时不时送我各种各样的小礼物。”

“对不起。”

“不说这些啦。”陈心怡努力挤出一丝笑容。

“只要还有一点可能，我都不想离开你，陈心怡，你知道我不愿意分手。”丁晓辉说，“我从一开始就认定我们的相遇是命中注定的，那种感觉我不清楚怎么表达，你懂吗？似乎我的命运成了你这个人的存在，很多次我都千方百计希望找到一个方法可以继续走下去，也许是我自作多情吧，我常常幻想你离开我以后的生活，担心你的脆弱和孤独，害怕会有一个比我还坏的家伙整天欺负你，彻底把你的人生变成一场悲剧。”

“放心，我不是那么好欺负的，惹急了我就跟他同归于尽。”陈心怡用开玩笑的口吻说。

“别胡扯，我希望你能幸福。”丁晓辉停下脚步。

“我也是。”

“现在感觉有些事情比之前明白一些了。”丁晓辉说。

“假如可以重新选择，你还会和那天一样走到我身后吗？”陈心怡问。

“会。”

“为什么？我自私、傲慢、脾气又差。”

“无论什么样的你，对我来说都是无可替代的。”

“谢谢你记得我，不然我好像一个人留在了很深很深的井底，唯一知道我去处的人却忘记了。”陈心怡说。

“对不起，我不想忘了你。”丁晓辉把陈心怡抱进怀里。

“没事的。”陈心怡搂住丁晓辉的背。

“能再叫叫你吗？”

“嗯。”

“小宝……”丁晓辉在陈心怡耳边轻声唤道，“别忘记我。”

不久，陈心怡便从丁晓辉的记忆中消失了，在他的大脑里，已经没有任何关于那场恋爱的回忆。他只记得，在他车祸以后醒来的那天，有一个好像是自己前女友的女孩曾经来医院看望过他，两人又试着交往一个多月，但最后还是由于性格不合导致分手。

和过去不同的是，这次丁晓辉完全不觉得难过，既没有放不下的痛苦折磨，也不再奢望从头再来。此时此刻，陈心怡对他来说，只是一个认识仅仅一个月就音讯全无的“前女友”罢了。根据这段时间的短暂接触，他知道自己和这个女孩应该有过一场刻骨铭心的经历，然而他怎么都想不起那是怎样的刻骨和铭心，也不能理解自己为什么爱过她。

后来，丁晓辉开始了一段新的恋情，两人相处得十分默契，交往一年后便结婚了。从此以后，他再也没见过那个叫陈心怡的漂亮女孩，就连那一个月的记忆也随着时光的流逝慢慢从他的脑海中遁去了。

只是每当雪花纷飞的时候，丁晓辉总会望着远处发一会儿呆，仿佛尽头有什么他应该看到却永远看不到的风景。

往如秋时

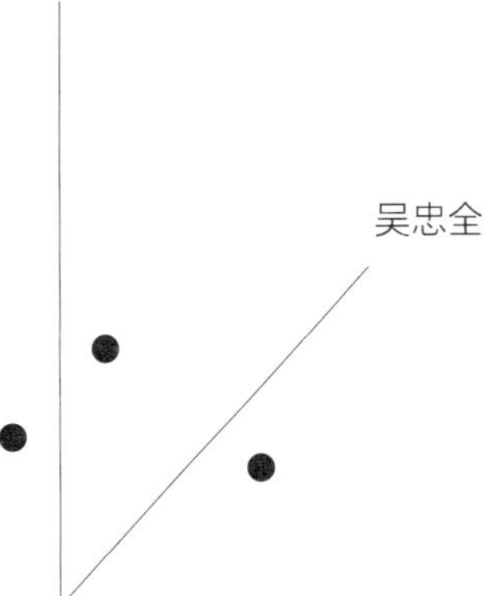

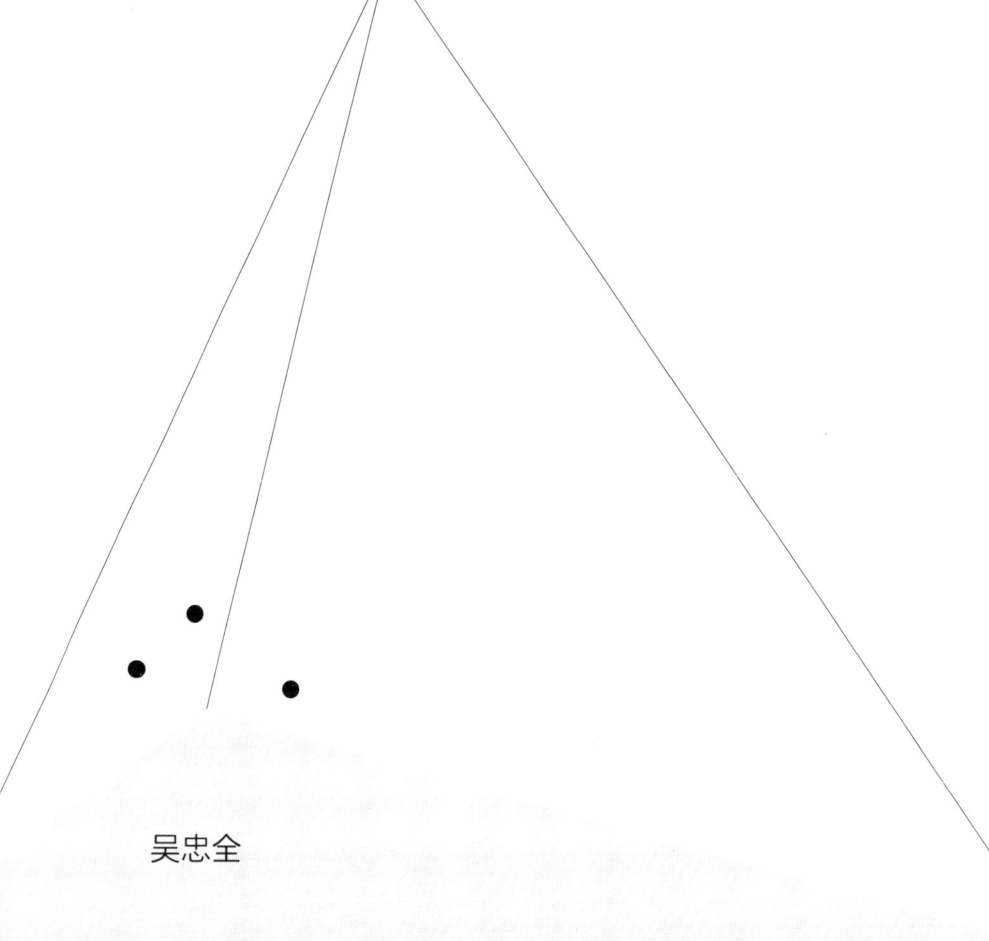

吴忠全

上海最世文化发展有限公司签约作者

隐忍于希望的诱惑，活得像河流一样绵延深情。

已出版作品：《桥声》《有声默片》《单声列车》《再没有什么比生命更寂寥》《等路人》《我们没有在一起》

整理母亲遗物的时候，我发现了那封信，藏得很深，在书架倒数第二层的一排磁带中间，信封很薄，信纸略厚，摸上去还有细微的纹路，像是沉淀了二十几年的时光。信上的字迹很潦草，泛着桀骜不驯的个性，而内容却平实而温暖：把孩子养大，望一切安好。落款是认不太出的艺术体签名。

我把信纸上的签名和它旁边的磁带盒放在一起对比了一下，磁带盒上的签名和信纸上的几乎一致，我的心脏开始不规律地跳动。

我常听母亲提起他，他是母亲的偶像，在我年幼的记忆里，母亲在心情好与不好的时间段里，总会放他的音乐，母亲有一台老旧的录音机，正好搭配这些老旧的磁带，雨季和旱季听到的同一首歌曲会因空气的湿度或快或慢，而由于年月的侵蚀，老磁带与老收音机配合得不太和谐，时不时就会发出刺耳的鸣叫或是绞带的纷乱，母亲在那时会急忙跑到录音机旁，按下停止键，把乱成一团的磁带拿出来，插一根筷子耐心地缠绕，嘴里还会哼着旋律，哼着哼着还会叹气：“唉，还有比这更糟糕的吗？”

我没见过自己的父亲，母亲从不和我提起，也不允许我问，就连我的姓氏也是跟随母亲，其实如果不是由于户口入学等原因，母亲根本不会在乎我的姓氏，她时常会说，姓名这东西，何必较真呢？就是一个称呼罢了，阿猫、阿狗不都照样活着?

我自幼与母亲聚少离多，从幼儿园开始，母亲就把我送去了寄宿制的学校，最开始每周能在家里待两天，随着年龄的增长开始递减为每月四天，每月两天，每年几天……一开始是我身不由己，会哭闹着要回家要见妈妈，到后来一久也习惯了，中学之后是自己主动选择不回去，那时或许刚好遇上叛逆期，想要张扬自己的个性，让母亲想念我让她心痛。可这想法还是过于幼稚，我的叛逆正好迎合了母亲的期望，她似乎是个很冷血的人，这么说有点夸张，但至少母亲面对一切事物表现出来的都是淡然漠视，不悲不喜亦不激烈。

我有些搞不懂母亲，而这些年来每当想起母亲，印象最深的只有两个画面，第一个是很小很小的时候的一个傍晚，我坐在院子里吃西瓜，母亲抱着一把吉他坐在我身边，轻轻地哼唱了一首曲子，她在晚餐时喝了点酒，微醺地摇晃着身体，声音微弱得几乎听不清，而吉他的声音却轻盈地流淌，在空气中和日光融合。母亲穿着白色的T恤，扎着马尾，像是少女一样美。那首歌曲我只听清了最后两句：我们就这样分开，在秋天刚好到来，忍住眼泪，即使我不爱你。

另一个画面是，在我十几岁那年第一次喝了酒，醉醺醺地回到家里，发现母亲坐在桌子旁流泪，对于偶然归来的我看都不看一眼，只是在静静地看着房间一处不知名的角落，眼泪顺着眼角落到嘴边，我看到母亲乱蓬蓬的头发以及眼角的一些纹路。

那个晚上，我起夜去卫生间，看到母亲在烧一些信件和照片，而录音机被调到很小声，在放一首歌曲，我和着小便的声音听到了几句，“疯狂的心荒草占据，明天倒在了别人怀里，算了吧谁还会为爱死去……”

发现那封信的晚上，我坐在昏黄的桌灯前良久，思考着要不要试着写一封信过去，我所有的犹豫都建立在这二十年的时光是否已把信封的地址变了模样，而维持这试一下的鲜活力量却涵盖着更加富饶深沉的内质，却终究抵不住一种想要告诉他的简单想法，哪怕只是个老朋友，也要让他知道，母亲已经离开人世间。再退一步，哪怕母亲只是他在事业鼎盛时期的一个歌迷，那也有让他知道的权利，而关于权利这个让自我信服的词汇，这一封被母亲漏烧掉的信件或许就能概括一二。

总之，我还是提笔了。

“您好，我是丽香的儿子，不知您是否还记得她，也不知道您是否能够收到这封信，但如果您此刻已经把信纸展开，我首先要告诉您一个坏消息，我的母亲去世了，我写这封信给您时是坐在她最喜爱的木桌前，而您的地址是在您多年前给她写的一封信上找到的。我不知您与我母亲生前是何等的关系，我的母亲自然是深爱您的音乐，但我想既然您能和我母亲通信，并知道我在人世的降临，那我觉得就有必要把她离去的噩耗告知于您，但您请不要担心，这并不是一封葬礼邀请函，我的母亲一生不注重礼仪，我已经将她从容安葬。望您不必为她难过。”

本来就是这么一封很有节度与礼貌的信件，如同报纸上的讣告一样不必引起过多涟漪，但我却在踟蹰良久后，在下面又加了几个字，“如果有可能，我想要和您见一面。”

我在黎明时分把信件投进了邮筒，并不报太多回信的希望，只当是了了一桩心事，也算是替母亲做了一点应尽的义务。接下来的几天我把母亲的遗物整理好，该丢的丢该卖的卖，那些磁带和早就坏掉的录音机都收进了箱子里，放进了仓库，我想这些母亲最爱的东西就留着吧，将和我一起继续保存在这个世界上，虽然我不知道自己是不是母亲的最爱。

母亲去世前一周才给我打电话，那时我正在学校赶毕业论文，电话里她很平淡地说：“你回来住几天吧，我要死了。”

我回来的第一天，母亲还亲手给我做了饭，我没有问她的病情，她也不和我谈起，我们沉默地吃过饭，我在厨房刷碗，她就靠在厨房的门前说几年不见我都长这么大了，我手中的动作停顿了一瞬，回过头冲她笑了笑。

第二天母亲就起不了床了，精神还算不错，她靠在床头半躺着看我，而我在看一本书，我们时不时的眼神交汇一下，却始终无话可说。我把做好的饭菜端到她床前，她便说："看来这些年你早就学会了照顾自己。"

第三天，母亲的情况持续恶化，不能起身去厕所，我给她端来便盆她有些不好意思地叫我别过头去，羞涩的样子像是个小女生。我倒便盆时在里面发现了血迹，猜也把她的病情猜出了个大概，她却突然对我说："这么些年了，终于懂得了有儿子的好处。"

第四天，母亲陷入了短暂的昏迷，我找来医生给她查看，医生挂了一组吊瓶后就走了，在送医生出门的时间里，医生无奈地冲我摇了摇头，那一刻，我竟也心平气和。

第五天，母亲排出更多的血，更长时间的昏迷，在清醒的时候她突然问到我，现在还练吉他吗？我回答说早就不练了，手指都僵硬了，母亲的眼神里弥漫出了失望。

我是练过一段时间吉他的，在年少的一个夏天里，母亲把我从学校接了回来，逼着我学吉他。我本是不喜欢玩乐器也没有那方面的天赋，但母亲拿着根木棍站在我面前，只要我稍有倦怠木棍就抽打到我身上。而这场闹剧终于在我被她一次失手打破了脑袋后告一段落。当时她看着头破血流的我，眼神里有了泪痕。

第六天，母亲陷入长长久久的昏睡中，我在仓库里找出那把母亲年轻时我年少时都弹过的吉他，上面还沾有我头上留下的血迹，看来这些年母亲再也没碰过它。我调了调琴弦，走音走得厉害，像是一把多年不唱的老嗓子，烟熏火燎的。

第七天，我抱着吉他坐在母亲床前，缓慢又生疏地弹了几首简单的曲子，我能看到母亲想要努力睁开的眼睛和翕动的嘴唇，但是她却再也没能醒来看我一眼，窗外的风把窗帘浮动起大的徜徉，我缓缓地摇晃着身体，手指在吉他上拨出舒缓的旋律，送走了我的母亲。

说实话，她的样子很安详，很平静。那我也就没有伤心痛苦，我像是和多年不见的老朋友一样说了再见。

寄出那封信后我等了几天并没有收到回信，觉得这事就告一段落，生命中总是有过多的期盼和猜度，而这些恰恰都是拖累生活的本质。我回到学校交了论文又毕了业，投出的简历也都没有回声，加之身边人与事的繁杂让自己想要清静一下，便拖着行李回到了家里，稍微打扫了一下房间又除掉了院子里的荒草，倒了一杯水坐在院子里休息。初秋的风缓缓地吹过，我竟有一点爱上这个家了。

一朋友说前几天给我邮寄了份资料，想让我帮着看看法律方面的程序，我翻出钥匙去开门口的信箱，便看到了那封信。从邮戳上了解到，这封信已经落到信箱里快一个月了。

信中他首先对母亲的去世表示了悼念，然后便问我有没有时间和他见一面，地址就是我邮寄信件的地址，而他的字迹还是那么潦草，落款签名仍旧是利落的艺术签名。我把那封信折叠起来，没有一丝犹豫地便决定了前往。

我与他相距甚远，需坐两天一夜的火车，还好初秋火车上人少，老旧的绿皮火车各站停靠，我靠在车窗的位置把窗户向上推起，看着一路倒退的风景，绿意缱绻，松林拂涛。我想如果我的猜测是正确的，那这一路后退的风景就不只是风景，还有时光的重叠，倒带与找寻。

我下了火车出了站口，恍惚站在了生命的出发点，他开着一辆破烂的越野车来接我，与我想象中的样子也与磁带上的宣传照片相去甚远，并不只是容颜的老去，时间在他脸上刻下的除了皱纹还有褪去锋芒的平和，以及稍显邋遢的穿着，岁月的胡茬和笑容。

那一刻，我并不觉得自己见到了一个红极一时的明星，也自然没有普通粉丝的狂热，但出于某些原因，我的心脏还是不安地跳动起来。

他来到我身边，上下打量着我，嘴角有一丝与年龄不符的顽皮的笑，然后略显不自然地揽过我的肩头："小伙子，上车吧，我今晚有演出。"

我没想到是这般平常的开场，感受着他掌心的热度，上了越野车。他叫我坐在副驾驶座上，自己开车，没有助理也没有工作人员，越野车的后座上放着一把老旧的吉他，车内有一股陈年的烟味，我把车窗摇了下来。

当晚的演出是在市郊的一个啤酒厂，他把车子停在啤酒厂的后院，告诉我随便去台前找个位置坐，自己便拎着吉他到后台去准备。台前已经聚集了一些人，没有椅子便都站着向舞台上望，舞台上挂着条幅，写着庆祝啤酒厂成立二十周年。

舞台上灯亮起，他是第三个登场的，前两个节目分别是员工诗朗诵和魔术，稀稀拉拉的掌声，他走上舞台也没能赢得更多的欢呼，但他似乎也不在乎，弹着吉他唱了两首歌，嗓子几乎坏掉了，高音应付几下就过去了，我站在人群之中努力找寻他当年的模样，却只看到舞台两侧的灯前有成群的飞虫在萦绕。我只能想到四个字，英雄迟暮。

演出结束后他在越野车旁等我，手里拿着信封装的演出费，一边在手上拍打着一边冲我笑："看到了吧，我现在就靠这些活着。"

"你刚才唱得挺好的。"我违心地说道。

"是吗？那你可真没有音乐天分。"他说着就先上了车，我绕到另一边也上了车，一路无话，车子一直往灯火通明的地方开，停在了一家酒吧门前，"喝两杯？"

我点了点头。

接下来的几天，我每天陪着他去演出，都是些很小型的演出，他开车载着我，不管路途颠簸不颠簸都吹着口哨，演出结束后我们都要到酒吧喝上两杯，说些无聊的话，却始终没能把话题展开铺向正规。我不知道他是如何想的，倒是我竟也变得沉默，似乎与他本来就该这般相处，没有丝毫的隔断，也没有关于过往的追忆，我就快忘记了此行的目的，也仿佛与他相识已久，但我却又明确地知道自己在等，等待一个他能认真下来不吹口哨的契机。

几天后的一个清晨，我在他的住处醒来，推门到院子里，看到他在洗车，他拿着水管冲着我喷水，我躲开了，他便笑着说：“今天带你去个地方。”他看来心情不错。

“今天没有演出？”坐在车上我问道。

“没有了，以后很长时间都没有了，好像夏天一过去大家就都没热情了。”车子沿着盘山公路行驶，不时有树枝刮到玻璃上，他把汽车的音箱声音调大，吹起口哨。

“你怎么都不放自己的歌？”我把身体靠后，调整了一个舒服的姿势。

“那得多自恋啊？”他开玩笑，“唱都快要唱吐了，听不进去了。”

“我母亲从来都听不腻。”我毫无预谋地提到了母亲，他却不再开口说话。尴尬在车厢内蔓延，还好有音乐搅拌着气氛，他的眉头微微地皱着，我觉得有些熟悉。

车子转了一个弯，他突然问道：“你今年多大了？”

“二十二。”

“哦，原来都这么大了。”他像是自言自语，语气里满是回忆。

车子转了个弯就见到一些房子坐落在山脚下，应该是一个别墅群，样子倒也不是现代式或是仿欧式的建筑，只是一些很普通的木质屋子。他把车子停在一栋木屋前，屋前有一个不大不小的湖泊，湖边还停放着一艘破烂的木筏。

下了车，有几个邻居过来和他打招呼，老熟人的样子，他闲聊了几句便带我进了屋子，一股松木的味道扑鼻，手指触碰到的地方全都是灰尘。

“每年一入秋我都要到这儿待一阵子，钓钓鱼，散散步。”他一边收拾脏乱的屋子一边说道。我要帮忙被他阻止了。“你收拾完有些东西我就该找不到了。”然后用手指示意我出去待着，“很快就好。”

我站在屋前看着碧波的湖水折射着日光，眯着眼睛看远方的山顶，又在屋子前后转了转，摸着外墙的松木都有些腐朽了，猜测着这房子的年龄，他就走了出来，站在台阶上抖着抹布：“比你年纪都大。”

我笑了笑，捡起粒石子用力丢进湖里，咚的一声，湖面不再平静。

下午他在湖里钓了两条鱼，不大，他倒是很开心，张罗着晚上烤鱼吃，利落地就把鱼收拾干净。到了黄昏，在湖边燃起篝火，几个邻居赶来，都带着食物和酒水，一群人就坐在湖边喝酒，说着只有他们能会意的玩笑。我坐在一旁的草地上，初秋的深山有些凉，就多喝了两口酒，渐渐觉得有些累，便先回到屋子休息，躺在床上闻着还是扑鼻的松木味道，睡着了。

不知过了多久，有人把我摇晃醒，窗外的篝火已经熄灭，他端着杯酒坐在我床头，屋子里点着昏暗的灯，他的面容温和又迷离。他把一张照片递到我面前，照片上是母亲年轻时的模样，旁边还站了一个男人揽着母亲的肩膀，但并不是他。

“这个人是谁？”我从床上坐起来问道。

“这你还看不出来吗？”他狡黠地笑。

“我父亲？”我又认真看了看那张照片，有些预想被打乱了。

他不置可否，抿了一口酒，又点了一根烟，是陷入回忆的模样，也是要开始讲故事的预兆，我有些紧张地咽了咽口水。

“你知道我为什么要带你来这儿吗？”他倒是先问我。我摇摇头，却也能猜出个大概。

“你就是在这儿出生的。”他侧过头看我，答案和我心中完全吻合。

“当年照片上这俩人都是我的歌迷，他们比谁都要疯狂，其实主要是那个女生疯狂，带着她的男朋友追着我的巡回演出。她很神奇，每到一个地方都能找到我的住处，然后便在附近住下，这样过了很久我也算认识她了，毕竟她长得很漂亮，漂亮的姑娘都会引起男人的注意，何况还是在那个年龄。”他说到这里停顿了一下，像个老流氓似的冲我一笑。

“好像也是这么一个秋天，我到这里来小住，她神通广大地和男朋友租下了旁边那栋房子，整天坐在门前弹吉他唱歌，唱的当然都是我的歌。毕竟都是年轻人，在这种深山老林里我也不想摆什么架子，就和他们成了朋友，但我心里并不把他们当成真的朋友，只是泛泛之交罢了，喝喝酒聊聊天挺有意思的。然后在一个晚上，她男朋友喝多了，她却只是微醺，跑到了我的房间，一进来就把衣服脱光了，我也喝了酒，没控制住……”

我打断他徜徉的回忆：“然后就有了我，你又抛弃了我们，这么多年来都不管不顾！你就是个浑蛋！”我听够这样的故事了，何况自己又是受害者，难免怒火中烧。

“小伙子，别急着发火，这世界没你想得那么简单。”他倒是心平气和，“再说我也没不管你们啊，这些年我每年都给你们寄生活费的。”他又呷了一口酒，冲我摇晃着杯子，“你也喝点？”

我点了点头，他给我倒了半杯，我喝了一小口，是很烈的威士忌，而夜更深了，能听到山里不知名的虫叫，像是一组小夜曲。

“那之后又发生了什么？”我有些迫切。

“那之后？没发生什么啊？我继续演出，各地方跑。”他有些喝多了，眯着眼睛晃着脑袋。

“我没说你，我说的是我母亲！”我又喝了一口酒。

“你母亲？谁是你母亲？”他看来真喝多了。

“她，就是她，照片上这个姑娘！”我拿着他给我的相片递到他眼前，他半睁着眼睛笑了，眼角布满皱纹，“她啊，她不是你母亲啊……”

说完这句话他就靠着椅子睡着了，留下我一个人来面对这漫长的夜孤黄的灯，以及过去时光的种种猜测还有稀疏的凉。

我在那里又待了几天便决定离开，他有挽留却被我拒绝了。关于那些二十多年前的事情也逐渐梳理明白，虽然他在清醒的时候不喜欢谈，总说过去的事情没什么意义，说就让往事都随烟酒散去，可只要当他再多喝几杯，我还是能问出些重要讯息的，下面我简单地讲述一下。

那个照片上的女孩，也就是我一直认为的母亲并不是我的生母，她深爱着的那名歌手倒确实是我的父亲，他们两个在某个酒醉的深夜发生关系后并没有孕育出我，而之后的生活也在表面平静中继续着，直到某一次演出归来的路上突降暴雨，她和男朋友乘坐的车子翻下公路，她男朋友不幸身亡，庆幸的是她本身只是受了点轻伤。

伤愈之后她并没有对男朋友的身亡表现出过多的悲伤，倒是从而更加确定了深爱的人是那名歌手也就是我的父亲，那是从崇拜到爱的转变，是能接受所有糟粕与摘掉光环的质变，她看透了这些也就更加无法自拔。她把这些与歌手说了，歌手说她太天真，她说不，她真的都懂了，于是歌手就把自己的不堪展现给她，几天后递给她一个婴儿，这个婴儿就是我。

关于我的出生，那是另一个荒唐的故事，我却只想用几句话带过——我那年轻力壮的父亲被一名女歌迷下药昏迷，十个月后抱着满月的我出现在他面前，不说一句话地抛下我就离开了，倒是后来写了封信阐明理由，说是自己突然觉醒了，不再迷恋歌手，想要过自己的生活了，这孩子就算自己送给父亲的礼物。

这份礼物被父亲转交给了刚失去男朋友的女孩，也就是抚养我二十几年的母亲。他说你想要证明多爱我，那就把他带走，不要透露任何消息，等我玩够了音乐收了心而你还爱着我，那我们就在一起。

故事就是这样，让我有些无所适从。

但我还是对他提出了一些疑问："你当初那么说就是想摆脱麻烦吧？双重的。"

他又是不置可否的笑。

"这些年你就没后悔过吗？"我问他。

"后悔什么？"他反问我。

"换个词，自责过吗？"

"有什么好自责的？她是自愿的，爱一个人就要承受他所给的一切，不然就走开。"他说得理所当然。

“那对我呢？你不爱自己的孩子吗？”我问出这话后就后悔了，因为恶心到自己了。

他盯着我看了看，眼神中有了怒意：“我一直弄不明白一件事，人为什么要爱自己的子嗣？养育他们是义务，我做到了，但这义务里并不需要爱。”

我对他无话可说了。

临走那天天气晴朗，高空有云飘过，他坐在湖边弹吉他，湖面的光折射到他脸上，我有些理解那些爱他愿意为他付出所有的女孩们了。

“我的亲生母亲现在在哪里？”我不是想要去寻找，我只是单纯地想问问。

“她啊？后来她回来找过我，我们结婚了，再后来她生病去世了。”他轻巧地说道。而从与他的对话中，我年少记忆中那些画面的节点渐渐契合，我突然心疼起我的母亲，不，是我的养母。

“你从来都没想过和她在一起为何还要和她通信？”这话是替死去的人问的。

“你知道的，人有时会心软的，寂寞啊，空虚啊，还有被爱着的虚荣等等。”他似乎看透了一切，是自己也是他人。

“我走了，你保重。”我带着满心落寞与纠扯不清的情感，试着解释一切又解释不清的心绪，也明白这就是过往与现状，都不适用于故事有着合理的起承转合。

“要不就留下和我一起生活吧。”他在我背过身去时说了这么一句。

我回过头，面露讥讽：“你不是不爱自己的子嗣吗？”那一刻我竟有些得胜的心态。

“哦，我只是突然觉得把自己的优秀基因传递下去原来也是一件不错的事情。”他眼光里还是笑意，“我就不送你了，邻居的车正好回城。”

“等你快死了的时候给我打电话。”我说了一句无比温情的话，他摆了摆手，我跳上邻居的车子，从后视镜看他。

他低着头弹吉他，弹的是多么熟悉的旋律，他一边弹一边唱着，后视镜里他的身影越来越小，而旋律却在我心中放大。

那首歌好像是这么唱的。

疯狂的心荒草占据 / 明天倒在了别人怀里 / 算了吧 / 谁还会为爱死去

今宵多梦盖住匆匆的睡意 / 轻狂的你我别为谁离弃 / 这样吧 / 岁月依然美丽

我们就这样相遇 / 当往事涌入迷离 / 不偏不倚 / 和风如戏

我们就这样分开 / 在秋天刚好到来 / 忍住眼泪 / 即使我不爱你

奔向

未来的日子

李田

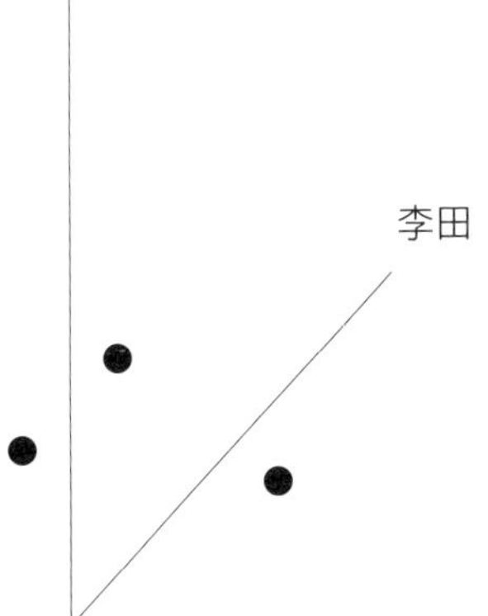

李田

上海最世文化发展有限公司签约作者

一个看上去很乐观的悲观主义者。

已出版作品：《爱的静寂》《出永安记》《下一站 · 济州岛》《相逢的人会再相逢》

等待毕业答辩的这几天，我开始动手收拾东西，把在北京这么多年积攒的物品整理一下，该留的留，该扔的扔，犹豫不决的就打包寄回家，让爸妈替我拿主意。虽然我知道，他们通常会囤积起来，等我回家之后再处理——在我成年后，他们已经越来越依赖我做出决定。

毕业后去上海的想法，他们起初是反对的，爸爸认为我在北京已待了整整十年，亲戚朋友又都在北京，何必再去一个陌生的地方重新开始。我理解他们这代人对稳定生活的追求和向往，却不能认同。在我看来，生命有限，而世界又如此辽阔，如果不能在有生之年，到处走走看看，生命的意义就会打折。当然，我并没有这么说，在他们眼中，我已渐渐变得成熟稳重，我不想让他们知道其实我的内心还这么不切实际，继而失望担忧。于是我找了个他们可以理解的借口：北京房价高，房租贵，空气差，工资低，还有很多让人忍受不了的政策规定。如果爸爸仔细想想，他一定会发现我的借口其实站不住脚：北京房价高，如果我没有买，就跟我没关系；房租确实贵，可这些年我一直住在学生公寓；工资低？我一直都在念书，还没有去工作。爸爸只是问了句，那上海房价不更高吗？我说我喜欢上海。爸爸便没有再说话，或许他会把我的借口理解为人的主观性，当一个人喜欢一件事物，那么在他眼里便满是优点；当一个人讨厌一件事物，能看到的全都是缺点。或许他并没有这样理解，他只是用沉默表达了对我的尊重。很多时候，我们对父辈的言行能理解，却不能认同，因为我们还年轻，心中仍有不切实际的梦。而父辈对我们的决定不能理解，却可以接受，是因为他们心中满是关爱。

也许是受爸妈的影响，从小我就很期待搬家。我爸和我妈属于早恋，十九岁相识，二十岁结婚，婚后妈妈还在上学。在我两岁以前，我们一家三口一直和爷爷奶奶生活。爸爸是爷爷奶奶最小的儿子，自然是最受宠爱的一个。奶奶舍不得他去外地念书，也不愿意让他去部队受苦，只想把他留在身边，到了年龄就接爷爷的班，有一份稳定的工作。可谁都没料到，爷爷一次意外摔倒，小腿骨折导致提前退休，爸爸也就没有赶上接班，开始自谋生路。也许正是因为这件事，让他尝到了辗转生活的不易，才那么想让我拥有稳定的工作。

爸爸年轻时很喜欢听音乐，他和妈妈第一次从爷爷奶奶家搬出来时，爷爷问他想要些什么。爸爸什么都没有要，只是搬走了那台他最喜欢的三洋录音机。20 世纪 80 年代末，年轻人都喜欢那种可以扛在肩上的双卡录音机，他们穿着牛仔裤，烫着爆炸头，戴着蛤蟆镜在街头晃荡。爸爸年轻时候，也是那个样子。在我念初中时，又开始流行染发和烫发，我想给头发换个颜色，妈妈坚决反对，认为那是坏孩子才去干的事情。我不服，找出家里的相册，指着她和爸爸的爆炸头说，你俩都能烫成这样，为什么我就不能改个颜色？当然，这招虽然不管用，但是用起来很爽。

我们第一次搬家，是租来的房子。爸爸妈妈收拾完屋子，就接上音响跳支舞，我在一旁跟着傻乐。那时候我三岁，说话很犀利，经常逗得他们大笑。爸爸买了盘空带子，偷偷把我和我妈的对话录下来，在吃饭时放给我们听，我好奇地放下碗，跑到录音机跟前研究到底是谁在学我说话。爸爸还教我唱过一首不知哪儿听来的儿歌，让我妈录下来。那首歌的曲调如今我已忘了，只记得歌词讲的是大人嘱咐小孩儿长大以后要赡养父母。爸爸唱完后，通常会问我，养不养爸妈？年幼的我尽管不懂那是什么意思，却总能给他满意的答案。得到答案之后，爸爸会笑得很开心，吹着口哨逗我。多次以后，竟成了条件反射，以至于某天当他用口哨吹起那个旋律，我立即放下手里的玩具，跑到他跟前，保证我将来会养活他们。

爸爸在年轻时候，听得最多的是邓丽君和崔健。《甜蜜蜜》和《一无所有》，这两首歌的名字，也刚好概括了我家当年的生活。我高中时迷上摇滚，想组乐队来北京，被爸爸制止，我还翻出他年轻时听的磁带，为自己辩解说我三岁就跟着你听崔健，现在你又反对我玩这个。直到那时爸爸才告诉我，他年轻时生活的艰辛：接班的事情黄了之后，为了养家，什么赚钱他就去做什么，吃尽了风餐露宿的苦。后来，他不忍心让我和妈妈跟着他颠簸，才进了一家工艺美术厂，从学徒开始一步一步做到厂长。这些事情都是我所不知道的，我对小时候生活的记忆，满满当当都是幸福。四五岁的时候，我还没去上学，爸妈都很忙，没有时间照顾我。爸爸要在每天上班前，骑着二八自行车把我送到爷爷奶奶家。记得冬天的早晨很冷，爸爸给我裹上大衣，让我坐在车子前梁上，载我穿过整座城市。太阳渐渐从东方升起，工厂催促工人上班的喇叭在播放一种类似空袭警报的声音，头顶还有鸽群盘旋，鸽哨的响声忽远忽近。这些东西都在吸引着我，一路上我絮絮叨叨地问个不停，这是什么，那是什么。现在想来，爸爸当时该有多大的耐心，一边要担心着上班迟到，一边又要为满足我的好奇一路解答。

小时候，我对穷和富没有概念，也不知道租来的房子和买来的房子有什么区别，有时候会问一些很直白的问题：为什么别的小孩都去了托儿所，我还在爷爷奶奶家待着？爸爸说，爷爷奶奶很喜欢带着我玩，如果我不去的话，他们就会想我。很多年后，我在教室和同学们一起看罗伯托·贝尼尼自编自演的电影《美丽人生》，忍不住当场落泪。直到那时我才意识到，爸爸用了无数个善意的谎言，掩盖了生活窘迫这个事实。

家境稍稍好转，爸爸就把我送到当地最好的小学去念书。学校领导为了赚钱，改善教师的福利待遇，总会向学生推销一些华而不实的东西，比如防近视台灯、昂贵的字帖，隔三岔五换新校服，还要每月预定早上喝的益智豆奶。老师们的任务压力顺理成章地转嫁到学生身上，让我们各自回去跟家长要钱。家庭条件一般的同学，大多到家之后不敢跟爸妈说，回学校还要再编个理由告诉老师。我每次到家，战战兢兢地把老师的要求说出来，我爸总是一口答应，他说，咱家什么都缺，就是不缺钱。当时我以为真的像他说的那样，钱多得花不完，长大后才知道，其实他是担心我完不成任务，在老师面前难堪，怕我被同学嘲笑，担心我因为和环境格格不入而变得自卑。

小学毕业前，爸爸所在的工艺美术厂因为在经济体制改革后转型失败而倒闭。爸爸下岗回家待了没几天，便出门做起了生意，家庭条件才彻底好转。有天，爸爸带我去看房子，问我喜不喜欢。我四处望了望，那是个毛坯房，窗户没安，地板没铺，墙壁没刷，丑得要命。不过，当时我想到又要搬家了，便满心欢喜地说房子很棒。爸爸便领我进去，让我挑个自己喜欢的房间，问我想要什么颜色的墙壁，什么样的地板，我把我的要求告诉了他，问他真要搬家吗？爸爸笑笑不语，出了门，就带着我去交钱，把房子买了下来。

妹妹降生时，是家里条件最好的时候。爸爸也许是觉得，家里有两个孩子，需要挣更多的钱才能过上好日子，就把银行的存款全部取出来，又贷了一部分款，投资了家酒店。后来，生意失败，刚住没多久的房子也被抵押了进去。那时，我在外地念书，爸爸瞒着这件事，没跟我没说。我放假偷偷回家，想给他们一个惊喜，结果发现门锁换了，我的钥匙根本打不开。我把门敲开之后，才知道租给别人了。听爸爸说，当他们又搬回了以前工厂的家属院时，我妹哭了一路，说想要回家，想要回酒店去住。

贷款还清之后，我们家才搬回自己的房子里。我问爸爸，还想开酒店不了。爸爸说，不开了，手里没钱投资。我说，如果有呢。我爸笑了，说，等你挣钱了给我投资，我就东山再起。这句话我一直记得，几年后，我出了两本书，把版税存卡里给他，他说什么也不要。我说，爸，我等着你东山再起呢。我爸问，万一再赔光了呢？我说，赔就赔了呗，我还年轻，还能挣。我爸说，算了，现在这种生活，虽然没有大富大贵，平平安安的也挺好。你自己的钱，你自己留着买房用。我说，我不打算买房，还是执意把银行卡留给了他。

今年暑假回家，忽然发现家里的房子已经旧得不行了，住起来还不如学校公寓舒服，家具、电器也都该淘汰了。我跟爸妈商量，拿我卡里的钱，付个首付，买套新房，把家里的旧房子卖掉。在一旁上网的妹妹最先跳起来同意，举双手赞成，妈妈说那你们爷儿俩决定吧。爸爸犹豫之后，便跟我去看房。我俩最终选了一个还在施工的楼盘，工作人员递给我两个安全帽，我帮爸爸系上带子，和他一起乘电梯去往二十五楼。售楼小姐热情地介绍着他们的楼盘的天时地利以及风水朝向，看得出来爸爸对房子很满意，问完价钱后，却说要再考虑考虑。回去的路上，爸爸想到什么，笑着问，要不等你妹妹上大学我就退休吧？我想起小时候他教我的那个儿歌，忽然一阵心酸，说，不行。爸爸脸上的笑容少了一些，说，你看，你现在也能养家了。我说，我不管，你生的女儿，你得养活到她能养活自己。爸爸沉默了，他点支烟掩饰着沮丧，点了两次，才燃着，吸了一口，却显得更加沮丧。这个动作，让人看了心疼。我有些愧疚，心想，何不告诉他，我早已经想好了，只要我能挣到钱养家，就立即让他退休，我供妹妹上大学。可是我却不能说，我不这么说的原因是，我害怕他忽然有一天意识到自己正在一步步走向衰老，终有一天老得走都走不动，怕他在那一天，会觉得自己对这个家再也没有用了。

房子最终没买，假期结束，我又回到了学校，准备毕业的事情。有一天接到爸爸的电话，他说，他决定把旧房重新装修下，让我毕业了先搬回家住段时间，过完年再去上海。我说，太好了，我也是这么打算的。接着，我俩就开始讨论怎么装修的问题，用什么涂料，买什么家具，做什么书柜，买什么电器。电话里爸爸的声音很兴奋，说，我已经找人设计好了图纸，等你回来家里所有东西都焕然一新，你肯定会喜欢的。

挂了电话，我忽然记起，十多年前，我们家从出租房搬到新家时的情景。爸爸开着借来的工具车，我坐在副驾抱着妹妹，妈妈坐在我们身后，照看着车厢里的家具衣物、锅碗瓢盆和爸爸心爱的录音机。车载音响放着爸爸买的粤语卡带，张国荣的声音低沉伤感。我跟着哼了一会儿，问爸爸，这是什么歌，怎么这么好听。爸爸放慢车速，抽出卡带递给我，是《英雄本色Ⅱ》的主题曲，名字叫：奔向未来的日子。现在想来，那一刻我一定是被歌曲感动了，觉得我们下一个家会更温暖舒适，觉得未来的日子充满了希望，连奔向未来这件事情本身，也变得幸福美好起来。

收拾东西时，我又怀旧似的反复播放着这首歌曲。十多年的时光悄然流转，已经细数不清有多少的物非人是，可对于新生活的期待却从未改变。我知道纵然人生中许多迷茫和痛苦无法逃避，终究还是要义无反顾地走下去。相信未来，同时相信自己，也许，这就是生活教会我们的自信和勇气。

我爸

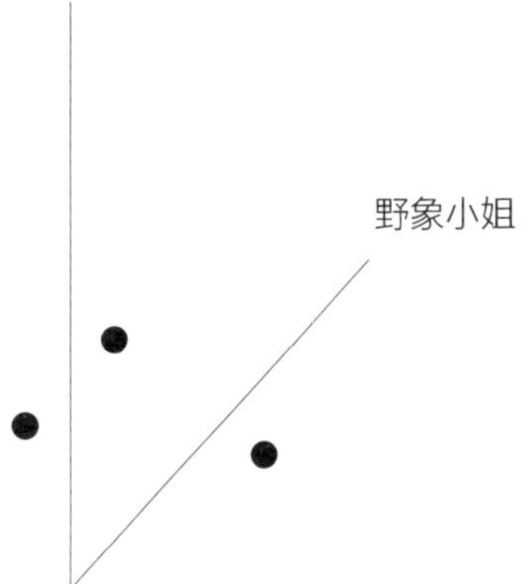

野象小姐

作家

一场暴雨，一个激灵，如此野蛮往复的人生。

已出版作品：《家住南塘路》《午时风》《白夜森林》

年轻时候是十里一枝花，街坊夸谁家孩子好看就说“跟周家小儿子那么像”，成了好看的标杆了。晚饭时间端着一碗白米饭出门溜一圈，回来满满地全是主妇们搭讪给夹的酱萝卜、咸鱼、肉干。这都奶奶告诉我的。

高中有一阵儿，我爱上翻箱子。我指的是旧式的木头箱，边角用牛皮和大铜钉裹住，有的还印上老海风情女子的油彩报，是我妈的嫁妆。压在箱底一沓一沓的，无非是些过期的收据、发票、登记照、获奖证书；发黄纸页印的“1992 年 4 月”“× × 分局”大红公章，毫无意义的这些，却能惹我细细看半天。偶尔翻出我小学的流水账日记，炭笔涂的五子棋，运气好的话，能翻到年代更久远前的东西，比如我爸的大学同学簿。一个大红的绒本子，烫金大字“同学薄”，跟会计做账的账单似的。“雀圣：周兄的手艺叫人望其项背，今后望逢年过节、还能一搓。”“周大哥：智勇双全，永难忘！”看来我爸的牌技制霸地位那时候就奠定了，并通过这炫技本领收了一帮小弟，这跟他往后几十年倒如出一辙。同学们一手好字，清一色的钢笔，深蓝或黑。那个年代尚未兴起涂鸦 Q 态小人做表情的风气，我爸却在扉页临摹了个钟奎还是谁，大胡子门神那种，旁边一个话语气泡“叫大哥”。

看过一张十九岁的黑白相片，二郎腿跷起来的瞬间，下巴微扬，笑得天朗气清。我知道在所有人眼中自个儿爸妈年轻时都特俊，难免主观臆断下放射光彩。我爸可是客观公认的俊，不一样。

言下之意，现在挺悲催，啤酒肚鼓起来后皮带位置不得不下移。身材一走型，我妈就放心。即便他上网跟东家阿姨西家阿嫂聊天，茶馆陪人打麻将除了他以外一桌子女人，我妈也懒得管。除了打麻将外，他还有个厉害的本领——混入我的朋友圈。我从小到大的闺密、挚友他全熟。经常互踩 QQ 空间笼络感情，“想死你了”“啥时候上叔叔家吃饭”“上次给你带的烟是香港货”。谁跟男朋友分手了，谁突然跑去奶茶店做兼职，谁不懂事了半夜离家出走，都是他第一时间掌握了消息，然后神秘兮兮地给我抖八卦，我才知道的。我的那些损友当真吃这一套，对他比我亲多了。他的 QQ 好友印象诸如“发哥”“好身材！要保持！”“天下第一绝世好爸（不是好 BRA）”都出自我那些朋友之手。

这都是有原因的。谁让他那么接地气，又睿智。

我迷茫烦躁时期，他跟我说的“最怕的就是没苦可吃。年轻人多喝几口水，多吃几口饭，没有过不去的坎。我们大家是好朋友的嘛”被奉为神谕，影响了好几拨人。随口蹦一句，全击中要害。并且擅用他的人生赖皮哲学，教我对待世界时轻松点。刚进现在公司才三个月，犯了个不大不小的错。公司赶在庆典前，要换卖场所有的墙面海报、灯箱、横幅，我负责文案撰写校对。“大事记”是巨幅长卷，印刷后被领导瞟见了一个错别字。下令全部撤了重做，我心虚地说打补丁行不行？领导说重换！后来跟爸通电话，他说扣了钱？我说没有。他说：“那不就成了！犯错太应该了。你刚进公司没多久，大家都盼着你犯错，这下好了，终于犯了。”我无语了。他又说：“以后别在同一件事上犯错。其他领域，可以继续犯。”

放假在家，早晨买菜，他非得把我从被窝闹醒，牵着我逛菜市场。“皇记卤味好不好，没人排队？”“昨天炒了豆角，今天吃不？”“你妈妈的眼药水用完了，待会儿记得买。”遇到摆在地上的小摊，他蹲不下去，我就负责替他挑。天下爸爸的手大概都这样，宽厚温暖，牵着你走不丢。小时候我以为每家都这样，无意中讲给同学听，他们是羡慕的。

战争当然有，脾气上来他很可怕。高三下学期一意孤行，想考中国传媒的编导，节骨眼落了一个月的课，跑去武汉初试。纵使我动用“梦想”“人生”“父母无权干涉”外加连番哭戏，我妈都受不了了，他还是不给我钱。他不吃我那一套，他的脸第一次在我看来惹人生厌，做梦都在控诉这位无端的暴君。他小看了他的女儿，我还是借到钱，拎着书包去了。几天后落败而归，高考文化成绩也如他预料受了影响。于是，在往后许多事情处理上，只要我有异议，或者只要我作势抱怨生活，他都不客气地用这例子对我嗤之以鼻，“勇敢去追梦，去嘛。”气得我立马住嘴。一点长辈的宽容气质都没有。有一回聊起这件事，他说，你要考中国传媒就该早说，起码提前一年做准备吧。我都上网查了，人家要考都是交好几千块报班上课，还指不定过不过呢；你那随便折腾几天，能过初试还真出了稀奇。凡事要有计划性，我怕的是两边耽误。看，耽误了吧！又不是不让你考，老怪我阻碍你梦想，烦人。

为什么青春期会有那么多愤怒。其实道理坐下来一说就都能懂，沟通不是困难事。还是听不进去，不能站在对方角度上考虑一下，奋力抵抗，武力推翻。你爸妈能害你不成，多少还是听一下话吧，不然陷入被动，日后落在父母手里的把柄特别多。哈哈。

他问我有没男朋友。我说干啥。他说，有好的你得先处着，别到时候剩些歪瓜裂枣、别人挑剩的就划不算了。我乐了，说，你这倒挺经济学的。想起初二班里的体育委员，送情书送去我家里。那男孩皮肤黑黑，刺刺刺的寸头，挺机灵，笑起来很坏。是个八月下午，他敲门，我爸妈妹都坐客厅凉席上看电视。“我叫 ××，是她同学。担任体育委员的职务，嗯，给她写了封信。”完了，将信递给愣住的我妈。我爸说，“来，吃瓜。”他摆摆手，走前不忘对我粲然一笑，“我们不会耽误学习的。”吓傻眼的我，被我妈拎去跪搓衣板。“不好好学习，浪费血汗钱在学校不干正经事”“一直以为你很乖没想到啊没想到”，“什么叫作我们不会耽误学习”之类。暑假后匆匆忙忙给我办了转校，那男孩我再也没见过。当然，那封信我也没瞅见，当场被我妈撕碎。据后来我爸回忆，结尾是“你像风中的薰衣草，随风而逝，在我心中留下淡淡的香。”被我爸耻笑很久，水平真烂。

我爸跟我妈是姐弟恋喔。他窜去我妈班里听课，被大龄青年围观，一度弄得我妈看见他绕一百米走。结果他用他无敌的交友本领，把班里其他姐姐全逗得特别开心，在我妈跟前一个劲儿夸。我妈没同意，他又上家里攀关系去了。手脚利索，笑声爽朗，背景清白，长辈找不出毛病。总之，我妈是莫名其妙被拿下的。如今，每逢情人节、妇女节、母亲节，我爸的玫瑰没断过。我妈特不屑，“这就叫浪漫啦？”边翻白眼，边找花瓶插上。晚饭后，我妈有跳舞的习惯。我爸有空就拉上我远远看，指指点点，那个没你妈腿踢得高，那个没你妈转得优雅，还是你妈这同志有天赋。我说你也去跳呗，他说不了，我跟音乐互动下就好。我扫视了下，可能因为跳舞的都是瘦子。于是他远远地拍拍手，耸耸肩，眯着眼瞅瞅我妈。

我不常看到他盛气凌人的一面，除了有一回饭桌上看到他跟人谈事情。这种场合按道理不会有我参与，那次不巧带了我。他喝了酒，目光如炬。一开始几个叔叔在吵着什么，他一直没说话。过了会儿大家安静了，他靠向椅背，慢慢用食指一下一下叩着桌子发话。掷地有声，不容辩驳，跟我认识的他判若两人。坐在隔桌，能感觉到源源不断袭来的震慑力，吓得一弹一弹。

小姨讲，我三岁多在路上乱跑，被摩托车擦伤。他一点道理不讲，上去挥拳就揍，拦不住。直到那人吐了血牙、头骨瘪了一半，才肯收手，差点闹出人命。我当然不记得了。

他尽力一辈子不让你看到他凶猛的模样，甚至担心表情严肃一点吓到你。威武、独断、暴烈，都是用来对付世界的。而目的只有一个，那就是爱护你。

一个朋友，三十岁了，离过一次婚，目前黄金单身。她看起来非常年轻，打扮少女，眼睛有神儿。仍然热切寻觅结婚对象，倒不是因为爱情多重要。她托着我的手说，其实我就想一个人过，特逍遥，想去哪儿去哪儿，但没法实现啊。一个人说他要过什么样的理想生活都行，随便他。自由的，疯狂的，浪迹天涯的，可一提“父母”，肯定立马就软了，没人放得下。拿我自己来说，我结了一次婚跟没结似的，把生活过得乱七八糟，我爸妈没说啥。但他们是住家属大院的，别人家姑娘生孩子了、一家子回家过年了，他们能没想法吗？最对不起的就是他们了。如果你叫我做 ·个勇敢的人，做自己，追梦想，出远门，除非让我没爸没妈，让我是个孤儿。他们最爱挂嘴边的话是，“甭管我们，把自己过好就谢天谢地了。”问题是，我过不好。

她说得对。那些骑行进藏的，不要命爬雪山的，森林考察一去三十年的，世界只顾赞美他们的梦想，却忘了他们一定是残酷的人。步履越来越蹒跚的父母，傍晚拖着长长的影子，在小院子里边扒饭边逗狗，没人忍心看。

晚上通电话讲起小蜜的热点话题，他哈哈大笑地说朋友有养比女儿还小的三儿，我说你咋不赶个趟。“它们太小，没意思，配我还差点。”呸。

我们爷俩的关系，是我见过最棒的父女相处模式，没有第二个男人跟他似的变着法爱我。没有。但又绝不肯说爱我。提起“爱”字，恨不得尖着指头拈得远远的。这点我随他，肉麻恐惧。

哪管我神气、嘴甜、冷静、思维敏捷，还是自私、不可爱、不亲人、撒泼、跟他急，他都一副弥勒佛的鬼样子。不是严厉寡言的那种父亲，不是特有钱的成功人士的那种父亲，不是任何一种别人家的典范父亲，而是乐呵呵又智慧的。我命咋这么好。

他宠我，给我骄傲。

他教我小人物的活法，所以我从来不当自己是角儿。

他教我尊重，不嘲笑别人的选择是我的好习惯。

他教我坦荡，于是直来直去特怕麻烦脑子也不打弯。

他教我独立，这倒好，搞得我现在总是先斩后奏，不听劝。

又记起前两年他跟我妈买鸭脖子的事。他喝酒了冲人家瞎嚷嚷，不讲理，人家上来就跟他干架。他早已不是当年因我被摩托车擦伤、把人揍得吐血牙的身手，这回一下子被人撂倒在地。若不是我妈大叫引起路人围观劝架，不晓得他会被揍成啥样。他老了。

回家后他生气不理人，特别反常。我问这是咋了，我妈偷偷给我说了情况。我眼眶一下子红了，看着胖胖的他猫在桌前上网，赌气不吃饭的背影，血直往上顶，直想上街抽那王八。但我啥也没做，专心逗他开心去了。因为我知道，我越发作，越让他难堪，他还要继续当几十年我的偶像呢。但这件事我会记一辈子的。

我要变强大，我不是儿子，我没有肌肉，不能替他挡拳头报仇，但我要保障他。

明白吗，保障。保障他的偶像地位，保障他继续跟我侃天吹牛，保障他在我的安全维度里称王称霸。他玩儿他的，我玩儿我的，一辈子的好伙伴。重要时刻互相扶一把。

不瞎诉衷肠了，四十七岁生日快乐，缘分还表现在你是我最讨厌的双鱼座。

新的一年请多关照。

美男子

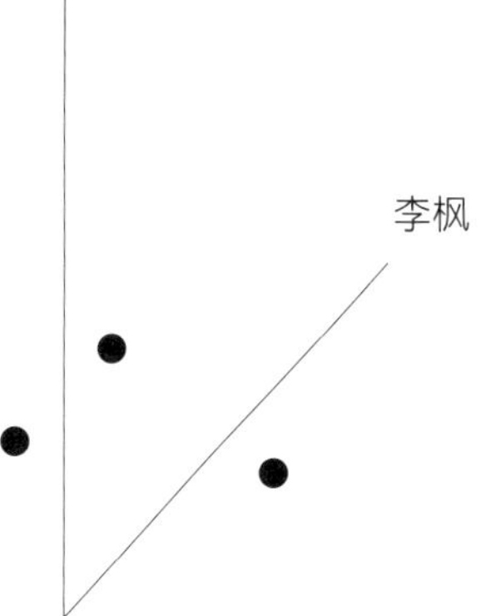

李枫

上海最世文化发展有限公司签约作者

自由自在。

已出版:《燃烧的男孩》《召唤喀纳斯水怪》《圣地》

古代的东方，中国和日本，都记载过一位拥有绝世美貌的少年。

传说，他的美貌可以迷住世上所有的少女。没有夸张，非常属实，至于详细是长什么样子，这有一个玄机。

他出现的时间应该都是在夜半，乌云蒙蔽月亮的时候。

这个时候，古城中一栋普通的小楼里，飘浮着浓香的朦胧房间，床榻上的轻纱被一只瘦削修长的手撩开，一张无比俊美的面孔浮现。少年的衣衫凌乱，松垮垮地露出一大片白皙的皮肤，明烛的火光下，锁骨的阴影微微凸显。

他可能是病了，精神恍恍惚惚，乏力地低下头，几缕乌黑颓废的头发垂贴在脸上，很是憔悴，像刚经历过生不如死的疼痛。

他双手勉强支撑着床沿，这时，听见屋外传来急匆匆的脚步声，他无力地歪着头看向门，门外的声音越来越大、越来越急促。

砰——

当六七个壮士破门而入时，屋内已经空空如也。他们举起手中寒光凛凛的刀具挑起床榻上的轻纱，看见上好的貂绒毯下似乎有什么东西，挑起貂绒毯，是一具少女的尸体。

或许那还不是一具尸体，还有微薄体温，但已感觉不到她的魂气。

灵魂已被取走。

领头的壮士一把拉开窗棂，朝楼下打着灯笼，还在逛夜市的热闹人群大喊：“大家赶快回去！又死人了！锁好自家门窗！”

人群似乎没有太大的惊慌，早在壮士说那个“又”字时就已能预料。这样的离奇命案在这座小城已发生得太过频繁，人们早已司空见惯，而且家中有子嗣的城民根本不会来夜市。

因为自五年前发生第一次命案开始，牺牲者都是少女。

至今日，城中的少女已寥寥无几。

但今晚夜市的人群中又偏偏有两个不信邪的孩子。

“这次是哪家的女儿呢？”一个提着灯笼的少年望着楼上的壮士喊叫，对身边吃着点心的男孩说：“颜净儿，你说她的家人会伤心到什么地步？”

提灯笼的小少年其实是个女孩，女扮男装出来逛夜市而已。

颜净儿草草吃完点心，拍拍手上的渣子，嘟嘟囔囔地说：“灰玥，我们还是——”

“我不回去啦！好不容易出来一次……”灰玥的话很快，“再说，还没见着同永呢。”

话才刚说完，不远处就传来熟悉的呼喊声，灰玥和颜净儿望过去，一个俊美的少年朝他们跑过来，隔得还有一段距离的时候，少年就露出漂亮的笑，迷离的眼睛也变得弯弯的。

“同永！！！”灰玥特别兴奋，大老远就这么叫着，可当少年走近后，她又故意表现得很无所谓，“哼，你也舍得来了？”

“你怎么变成这个傻样了？”同永打量着灰玥的男装，伸出瘦削修长的手拿掉她的帽子。

“给我给我！”灰玥说着就去抢，可由于身高的原因，只能是围着同永转圈。

“她爹娘管得太严呗，今天我翻墙把她接出来的。”英气的颜净儿说，“还差点儿被她家的士兵给活捉。”

“谁叫你动作不利索！”灰玥白他一眼。

“而且城里实在不安全。”颜净儿说，“所以还借她一套我的男装！看看那个小个子，跟个豆子似的，我好不容易才从家里翻出一套我六岁那年的衣裤！”

就在大家聊得开心的时候，透过前方一个小吃摊看过去，一对将要中年的夫妻疯了般边哭边跑，方向自然是发现少女尸体的小楼。人群安静下来，给他们让出路，也是此时，夫妻俩撕心裂肺的哭声格外明显和刺耳。

灰玥站过去看，不免也有些心酸。同永在一旁问：“怎么了？”

“他家女儿被鬼吃了。”灰玥看向他的眼睛。

同永直视她，然后点点头。这时一个老婆婆拄着拐杖推开灰玥，“啊……我的孙女！我的孙女……”边老泪纵横着边颤抖地喊着，“让让，让让……”

小个子的灰玥没站稳，直靠到同永身上，又闻到同永身上的味道，那是一种很诡谲的香味，不浓，像是沾染出的清香。

灰玥站稳后，转过身笑着面对同永，高挺的鼻梁，嘴唇是健康的红润，她越加喜欢他。同永也微眯着那双漆黑迷离的眼睛看着她，一片灯笼光中，双眼里忽闪着某些神异的亮点，像是裹挟着某些畸形到完美的秘密。

“咳咳……”颜净儿在这样的场合中很是尴尬，握拳装咳，然后看向灰玥说：“人也见着了，该回去了吧。”

“早着呢！”灰玥挽起同永的胳膊往前走，“要么我今晚不回去了，回去多没意思。”

“大小姐！那你住哪儿？！”颜净儿朝她喊，也跟过来。

灰玥望了望同永的侧脸，小声问他：“我们住哪儿？”

“啊？”同永有些拘谨，傻笑着不知该说什么。

灰玥觉得此时的同永格外可爱，于是壮胆着说：“我们住你那儿吧！”

“颜净儿家多安全，对吧。”同永在躲闪。

“就要去你现在住的地方！从来都没去过，也不知道那里怎么样。”还没等同永推辞，灰玥就嘴快地回头对颜净儿招手，“我们今天住同永那儿！”

颜净儿在原地愣了一下：“真的假的？”然后追了上去。

大概是四年前，作为将军府的独生女，年幼的灰玥比现在顽皮几百倍，那时就隔三岔五地拉着捕快的儿子颜净儿偷逃出去疯玩，有一次甚至跑出了城。

也就是唯一出城的那次，他们翻过城外的荒山，意外地发现荒山后是片茂密的竹林。

也就是因为放眼都是绿色，所以很清楚，异常清楚地发现林边岩石上趴着一个半裸的男孩。男孩和他们一般大，死气沉沉地趴在岩石上，像是从山上失足滚落，衣袍都已磨损掉，因此赤裸着上身，且身体上都沾着露水和草屑。

颜净儿小心翼翼地走近，灰玥咬着手指站在远处。颜净儿完全感觉不到男孩的气息，他先唤了他两声，男孩一动不动，他又捡起石子丢向他，男孩仍然没有反应。

颜净儿转过头对灰玥说：“死了。”

可就在颜净儿转头看着灰玥的时候，岩石上的男孩轻轻蠕动着缓缓爬起来。年纪小小的灰玥看见这一切，吓得说不出话，捂着小嘴呆在那里。

颜净儿转回头，看见白皙清瘦的男孩已经爬起来，正看着自己，吓得赶紧向后跳一步，蹲在地上捂着眼睛。

“呵。”起死回生的男孩忍俊不禁，呵呵呵笑出了声。

声音非常干净。

“你是什么人？”

男孩摇头。

“好吧，你不是人，那你从哪儿来？”

男孩摇头。

“你的名字总知道吧？”

男孩摇头。

“……你不会说话吗？你娘没有教过你是不是？”灰玥还在很认真地问他，可男孩显然对提问不感兴趣，抱着双腿，蜷缩在岩石后，漂亮的眼睛渐渐无精打采，像是打瞌睡要睡着。

“你病了吗？”

男孩闭上眼睛，昏昏沉沉要睡过去。

颜净儿走过去，推了推他：“将军的女儿在问你话呢！”

男孩被摇醒，但就是一言不发。

灰玥站起来，对颜净儿说："他一定是饿了，你看他那么瘦。"

男孩突然看向她，漆黑的瞳仁仿佛深渊。

灰玥凑近男孩的瞳孔仔细地看着，轻声问："你家在哪儿？我们带你去找娘。"见男孩呆呆地盯着自己，又说，"你饿不饿？这样吧，你告诉我，我请你吃烤鹅！"

男孩顿了几秒后，终于伸出瘦削的手，指着城的方向。

于是，就在将军府每日午时调兵操练，城门只有少数士兵看守的情况下，灰玥敲响了城门。

年轻的缺乏经验的士兵看见是将军的女儿，不论什么情况，急匆匆地解开了城门锁。

灰玥使劲地推着，颜净儿也跑上前，推着另一扇。

城门渐渐打开。

一阵妖风像是咆哮翻滚的黄沙急不可耐地撞进城去。灰玥被狂风吹得睁不开眼睛，滚滚沙尘遮天蔽日，耳边只有遥远又恐怖的鬼哭狼嚎。

就这样，腥风血雨开始了。

城门刚关，男孩就转过身对他们说：“我不是城里的。”

“呀！原来你会说话的？！”灰玥跳上去抓住他单薄的胳膊，“那你是哪儿的啊？”

“我……”男孩不知该怎么说，没有来历没有归宿，命定的孤魂野鬼一只而已，于是他缓缓低下头，又伸出手指了指城外。

“你小子敢耍我们！”颜净儿冲上去掐住他的脖子。他没有挣扎。

“穿过城外的竹林好像有个同家庄哎，你是那儿的对吗？”灰玥问。

男孩看着她，迟疑了一会儿，点了点头。

“那你叫什么呢？没事啦，告诉我们吧！我们是你的朋友。”

恍然想起在城外看见城名是“永城”，男孩于是说：“同永。”

“同永——”灰玥看向漆黑中他的侧脸，“还没到吗？这里好冷啊。”

他们已经走到了小城最偏僻的角落，黑蓝夜色下，前方的山丘像是坟包，这是荒地。同永开始表现出不安定，支支吾吾想回答什么，可还是坚持带他们往前走。

“同永你到底住哪儿啊？”颜净儿朝他喊，但在这种地方，声音没那么有力度，因为还是有些胆怯，他稍显紧张地环视四周说，“前面没路了……”

灰玥拉住同永：“哎哎，你真的住这儿吗？这里……”

同永转过脸，雪白的皮肤在黑暗里愈显突兀。

灰玥看着他这样严肃的表情有点畏惧："……怎么啦？同永，你……"

"没什么。"同永摇摇头，"我就住这里。"

"噢……"灰玥还是笑着说，"你，你自己要记得多穿点儿，这里太冷，要是没衣服的话你就找我……"

颜净儿一把将灰玥拉到自己身边："你该回去了，小姐。"

气氛变得古怪至极。灰玥不敢再直视同永的眼睛，抿着嘴点了点头。

同永安静得像是漆黑中没有生命的标志，和远处的扭曲树影融为一体。

灰玥被颜净儿推着往前走，回过头对同永说："我下次再来看你……"

同永悄无声息地站在原地的黑色里，像是埋葬在这片荒地的秘密被揭开一道口子，炙热的熔岩从裂缝中汩汩涌出，即将爆发。

"灰玥——"同永突然叫住她。

灰玥和颜净儿都回过头，揣测着身后的这个黑影接下来会说什么。

"路上小心。"他说。

离开同永后，很反常地，灰玥和颜净儿一路都没有说话，各自揣测彼此心里的想法，等走到雾气袭来的凄清街道，颜净儿终于开口："以后我们不要再见他了。"

灰玥呆呆地望向他，魂不守舍的：“啊？”

“我早就觉得他有问题，他……”

“可能是有难言之隐……”

颜净儿停下脚步：“你还没看出来吗？这家伙说的话没一句是真的！而且总是给我不好的感觉，奇怪的，有时是阴森森的……”

“可以了。”灰玥打断他，“他很好，没有……”

“他除了那张脸还有什么招人喜欢的？”颜净儿打断灰玥的话，从小到大的头一次，因此灰玥有些惊讶地看着他。他知道自己犯了错，但还是坚持着把话说下去：“而且，我一直都没敢告诉你，有几次我碰巧看见他和别家的姑娘在一起，他……”

“谁家的姑娘？”

“和他好过的姑娘不止一个！”

灰玥艰难地站在风中呵着气：“你说的都是真的？”

看着灰玥突变的神情，颜净儿突然不敢再刺激她，顿了一刻改用告劝的柔和口气说：“他有什么好的？除了那张华而不实的脸，那些都是虚幻的，都是会变的。”

灰玥想辩驳自己并不是只爱他的脸。

颜净儿火上浇油：“等到他七老八十看他还能不能吸引住那些姑娘家……”

“住口！”灰玥突然尖声喝止他，站在原地身体颤抖，她不想再听下去，也不能。

“怎么了？”颜净儿冷笑了两声，“我说的都是实话，你必须看清楚同永的真面目，不能被他迷惑……”

“你给我滚！”灰玥指着他的鼻子，“马上，给、我、滚！”

颜净儿有些吃惊，他从没见过灰玥这样对自己说话。灰玥反常地喘着粗气，怒气冲冲地瞪着颜净儿，像是有什么血海深仇，蓄势待发即将要报。

这大概就是被迷惑了的症状了。

“我要把你安全送回府……”颜净儿说。

“不需要你送！”

“这是我的职责……”

“你听清楚了，我根本就不需要你！不要再自讨无趣！”

颜净儿害怕她这个样子，同时又极其难过和失落，实在不敢再和她争辩什么，带着不甘和委屈朝她点了点头，忍住眼泪向后退了几步，然后转过身。

但没有走。

他背对着灰玥，说：“小姐你现在回府吧，我就站在这儿，如果遇见坏人，喊我一声就行了，我可以听到。”

灰玥长吸着凄冷空气，让自己恢复理智和冷静，裹了裹衣服往家走，然而刚想转头对颜净儿说一声“对不起”，就看见老街的尽头、那雾气正浓的地方隐约有个少年的影子。

灰玥有些心惊胆战，紧眯着眼睛仔细望去，雾气缓缓移动，浅薄时才大概看清这个人，好像是同永。

灰玥微张着嘴巴，他来这里干什么？

看他站在原地不动，像是在等自己，灰玥犹豫着要不要过去，最后还是提步走向他。

真的是同永。她走到他面前停下，望着他深邃的眼睛。同永也只是双眼迷离地看着她，这个男孩没有表情时冷若冰霜，欢笑起来时却又可以灿烂如一片花海。

同永伸出修长瘦削的手，模糊黑影中像是嶙峋的死物，还没触到，灰玥就已嗅到阴冷的香味。

可就在即将触到灰玥的眼泪时，远处传来隆隆的马蹄声，似乎赶得很急。同永缩回手，灰玥朝远处望，看马队那咄咄逼人的气势像是朝廷的人。

“灰玥！府上出事了！”颜净儿朝她跑过来。

再转头望向同永时，却发现他像是化作一股雾气消散得太过离奇。他走了吗？灰玥四下寻找，夜半的街道空空如也，除了远处的蹄声再没有动静，这一瞬间，灰玥甚至觉得刚刚看见同永是幻觉。

确实是朝廷派人来到永城，传达皇上命令：必须尽快捉拿杀人的凶犯。将军，也就是灰玥的父亲很不屑地从纱门走出来，什么话也不想再说，又一次接下朝廷的旨意，送走他们，再回到府上，就把圣旨丢进了香炉中。

因为将军知道，无论怎么做都会无果。

永城是封闭的城，任何人不能擅自开启城门，面积也只有这么大，四年来却一直没有抓到凶手，甚至连凶手的线索都没有过。死者都是年轻少女，所以他们曾有很长一段时间断定凶手是个男子，是个非常智慧和狡猾的人，然而时间在前进，城中的少女仍在陆续成为受害者，凶手的一切仍了无头绪，明明看见楼台上有人影晃动，包围着上去后却找不到任何踪迹，能这样消失的身手终于让一名捕头猜到，凶手，或许并不是人。

将军府里的道长们也这么认定，凶手的杀人作风温柔又诡异，如果他是鬼，就是披着绝美外皮的野鬼，倚靠俊美容貌勾引少女，然后取其灵魂供养自己。

这样的鬼抓不到也杀不了，只能眼睁睁地看着杀戮，直到整座城被吃空。

“出什么事了？！”灰玥才匆匆跑到大堂门口便叫道，急得连男装都没有脱，等跑到父亲面前才发觉到，惊愕得不知所措。

将军重重地给了她一耳光。灰玥的帽子被打飞到地上。

“你还给我跑！”将军怒吼道，“你娘刚才还在哭，我们就只有你这一个女儿，外面那么危险，你要是碰到了什么，你让我和你娘怎么活？灰玥，你该懂事了！”

灰玥的眼睛红红的，捂着脸说：“我已经不小了！我会保护好自己！”

“那是因为你不知道外面横行的到底是什么东西！”

“我不怕……”

将军气得咬牙切齿，张口要说什么，却皱着眉眼睛湿润。灰玥看向父亲，这个男人一直以来都是英武伟大的形象，此时她却看见了他眼中的泪迹，因此很是惊讶。

“父亲……”

“自从那只鬼魂四年前被放进城，我就从没有一天睡得安稳，灰玥，你是我们的唯一……”

“四年前？”

父亲告诉了她一切的隐秘，这件事城中的民众其实大多也都知道，因为民间私下早就有流传了。

当灰玥呆呆地听完，一切与这只幽魂相关的关键词，不知是不是一种感应，她总是联系到同永身上。因为也是四年前，也是俊美却凄凉的外形，勾引少女，也是无家可归的孤魂野鬼。

“我已安排好了，明日，我们就离开这里。”将军低声说。

“弃城？”

父亲顿了片刻，点了点头。

可就在晚饭后收拾衣物的时候，灰玥踌躇半天，最终还是把凳子架在大瓷花缸上，踩上去翻过围墙，偷偷溜出了府。

她必须出来。她要见到同永，她不相信这一切是真的，也丝毫感觉不到危险。不知道为什么，敏锐的直觉就是感觉不到危险。

不过她还是带了把剑。

可她突然又不知道该去哪儿找他。

就在慌乱失去主见先走哪个方向的时候，转过身，她发现同永就站在身后。

这一刻，灰玥的心中像是拱土而出了恐惧，迅速又惨烈，但她没有表现出来。月光凄冷，月光下的少年面孔恬然，虽然没有笑容。

“我想问你……”灰玥欲言又止。

同永撇起嘴角低下头，他大概知道她想问什么，保持勇敢地抬起头对她说：“我们去一个安静的地方说吧。”

灰玥不愿去相信这个男孩会是鬼，她说好。

在那处曾经死过少女的乌色阁楼，同永点起明烛，橘红驱散黑暗。站在一边的灰玥说：“再点一支，有点儿暗。”同永点点头，又点了几支，一片片的光四散开，房间通明起来。

灰玥等同永在床沿坐下，自己才坐在桌边，保持着有些大的距离，但烛光很充足，对方的一举一动，甚至一个微小又短暂的皱眉都不会疏漏。

“同永，你说实话。”灰玥闭着眼睛让自己冷静，再看向同永，“少女的命案和你有没有关系？我没有别的意思，我只是道听途说了很多东西，我的心好慌，我不知道……”

同永只是直勾勾地盯着她，然后点了点头。

灰玥倒吸一口冷气，虽然做了准备，可一瞬间还是无法接受，她让自己放松下来，带着略微疑问的语气对同永说：“你是那只鬼？”

“我是。”同永没有丝毫躲闪，漆黑的头发垂落在脸颊，“我靠灵魂过活。”

“我不相信，我不相信当时是我把你放进来结果荼毒了一座城，我不敢相信自己才是始作俑者，我更不相信你是鬼！”

同永注视着灰玥，迷离的眼中光影流转，就在这刹那，他突然化作一股烟，好似浓重的雾气消散得很缓慢，伴随着令人毛骨悚然的声音，下一秒，他出现在灰玥的桌前。

灰玥本能地后倾，手伸进衣袋握紧藏在腰襟里的剑。

同永和她是那么近，近得低头望她，阴影就笼罩在她全身。

“你不是鬼对不对？你骗我的，你不是，对不对……”灰玥看着男孩如此熟悉的眼睛，控制不住自己，状态几近虚脱。

同永伸出修长的手指，有些锐利的指尖拂上灰玥的脸庞。

而灰玥却下意识地站起身，拔出剑指向他，快速又准确地指于他的左胸。

“你该死。”灰玥泪流满面，盯着同永，“你是该死的！”

同永只是望着她，看不出任何表情的脸孔似乎是在传达没有人可以杀得了他，他只需要一个变身，就可以消失得彻彻底底。

然而眼前的这个少年，无论杀过多少人，无情地取走过多少灵魂，有多该死，灰玥始终下不了手。她咬着嘴唇绝望地流泪，望着同永的双眼，摇着头取笑自己的软弱和懦弱。

因为他的那双眼睛，在自己心里就如同星空，确实有那样美，确实有那样广博、漆黑，深不见底，连光也无法企及，却让她宁愿坠落下去。

坠落下去，与他被打入谷底的灵魂合并。

然而，他很有可能没有灵魂。于是灰玥颤抖着双手缓缓放下剑，无助地问他：“你会杀我吗？”

他的脸上突然流露过一丝失落。

“你会取走我的灵魂吗？”

他失落地摇头，像个受委屈的孩子。

“你骗人！你没有灵魂没有感情，你是魔鬼！”

“我有感情！”他突然顶上她的话。

灰玥抬起手中的剑，双手紧紧握着，指着他：“不，你没有，我不能失去理智，我不能相信你——”

而他，却撕开自己的衣襟，胸膛暴露出来，灰玥的剑就指在这里，正对着他的心脏。

“刺进去。”同永说，“你就可以杀了我。”

薄利的剑首叩在他的胸口，稍微没有掌握好力度，轻晃的剑就在同永白皙的肌肤上刻出一滴血点。

她杀不了同永。

就像同永不愿取走她的灵魂一样。

“我时常想起第一次见到你的情景，在城外，你还记得吗？”夜深了灰玥仍没有回去，虽然明天就要举家弃城而逃，不过既然同永不会取走自己的灵魂，那还离开干什么。

同永迟疑了一下，仔细苦想，但似乎不记得。

灰玥抬起头看向他。

“灰玥，你要相信我，一定要相信我。”

灰玥走上前，伸手环住他的腰，腰带上的银片啪啦直响。她以这样的方式证明她相信他，就像他暴露自己的心脏证明他有感情。

灰玥把头轻轻贴在他的胸前。

当将军府的人找到灰玥时，撩开床上的轻纱，看见她的尸体，蜷缩着非常孤寂。

还是没能平安度过最后一天。

其实在她临死前，她已经感知到自身的岌岌可危，因为，她记得的事，同永不再记得。他应该记得，他却不记得。

当灰玥想要听他埋藏在胸腔中间那颗心脏跳动的声音，却什么也听不到。

因为，同永根本就没有心脏。它只是鬼魂，不可能有心脏。因此他可以毫不犹豫地暴露胸膛也无所畏惧，这就是他一贯的伎俩，然后轻而易举将她迷惑在梦境里。

抽干她的灵魂。

将军的独女终也罹难，全城震动，街市已不再常见行人，不管是不是少女。而每一天，滚滚马蹄声都要踏穿全城，这是复仇的将军在搜寻，就算是躲在地缝或藏在土里，只要露出一根毫毛，即使推平永城也要连根拔起。

不知是不是因为邪门，永城的天黑越来越提早了，正常的黄昏被瞬间的黑漆漆所取代，且气候也越加恶劣，很是阴冷，就像是不甘的亡灵太多，层层堆叠在云端遮天蔽日，要让所有生灵体会尸体的温度。

天色迅速暗下去了。

男孩走在灰黄的荒地，声音很轻。光线渐渐在他身上由明转向暗淡。当一朵云把最后一丝天光遮住的时候，有人叫住了他。

“同永。”是颜净儿，没有任何表情。

同永转过身要对他笑的时候，又犹豫了，因为他觉察到空气间淡淡的疏离感。

“你还记得我们第一次见面的情景吗？”颜净儿这样问。

“当然记得。”

“在城外，当时你……”

“我记得，颜净儿你怎么了，突然和我说这个？”

颜净儿走近他，突然从身后拿出一条绸带缠住同永的脖子，颜净儿死死抓住绸带，在用他最大的力气置同永于死地。

此时不知是什么原因，同永变得和普通凡人无异，不会变身消失也没有无穷之力，只是痛苦得张着嘴巴，艰难地想要呼吸，两只瘦削的手疯狂地乱摆。

“是谁把你带进城救了你一命，你还记得吗？当我看到灰玥死时的样子，我就知道一切、所有的一切都是你这畜生干的！”颜净儿紧盯着他绝望的双眼，像是要牢牢记住他的痛苦。“你知道灰玥只有在相信一个人的时候，才会在他的怀里睡着吗？你却勾走了她的魂魄，剩下她一个人蜷缩在那样寒冷的地方——”颜净儿朝他脸上吐口水，“妖怪！你该死！”

最后，他勒死了同永。

颜净儿相信他杀死了鬼。但同永这只鬼，既没有构造奇异之处，也没有任何法术，颜净儿把他的尸体带给将军看，甚至向民众展示，但没有人相信。

因为被杀的少年真的只是一个流浪的孤儿。

这时，颜净儿捏着鼻子走近尸体，仔细看着他的嘴眼口鼻，很是精致，也很亲切，不过也看不出有什么特别来。他一直解释不清为什么同永会这么容易就被自己杀死，也解释不清为什么他的尸体实际上只是一个普通的肉身，就像以前解释不清为什么他的脸会那么招灰玥的爱。

只是他现在一动不动地躺在那里，实在不像是拥有无双外貌的妖魔，而像一个平平凡凡的男孩，一个死去的男孩。

数天之后，七八个身强力壮的捕快用最快的速度冲到一座楼台上时，踢开门，房间内浓香弥漫。拿刀具挑起床上的薄毯，毯下，是一具少女的尸体。

妖风在城上空盘旋，再一起坠落，拼凑成一个清秀少年的模样，消失在巷口拐角。

但这个同永，其实不是那只鬼。

如果人能够用眼睛看到全局，看到时间的始和终，就会知道，五年前，灰玥和颜净儿在城外遇见的那个狼狈的同永，其实真的就只是一个孤儿。

他无名无姓，不知道自己家在哪里，他在外流浪了很久。

就算他到了城里，还是在流浪着。灰玥和颜净儿要去他住的地方，他因为自卑，表现得有些怪而已。

而那只鬼，无非是五年前，一直跟在同永身后，折磨着这个男孩以维持自己，在城门打开的瞬间，急不可耐地冲进城去。

取走灰玥魂魄的“同永”，是这只鬼变成同永的样子。

因为这种鬼，并不是生得多么绝世无双，而是它会变成少女心中暗暗喜欢的那个男子，变成他的模样，因此，他真的就能够迷惑住世上任何一个少女。

因为世界上最完美的容貌，是心上人的。

数天之后，七八个身强力壮的捕快用最快的速度冲到一座楼台上，踢开门，房间内浓香弥漫。拿刀具挑起床上的薄毯，毯下，是一具少女的尸体。

妖风在城上空盘旋，再一起坠落，拼凑成另一位清秀少年的模样，消失在黑漆漆的老街尽头。

泡在酒罐子里的冬日

陆俊文

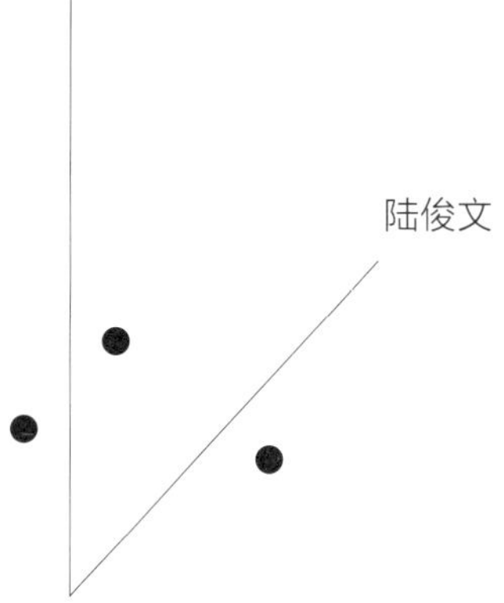

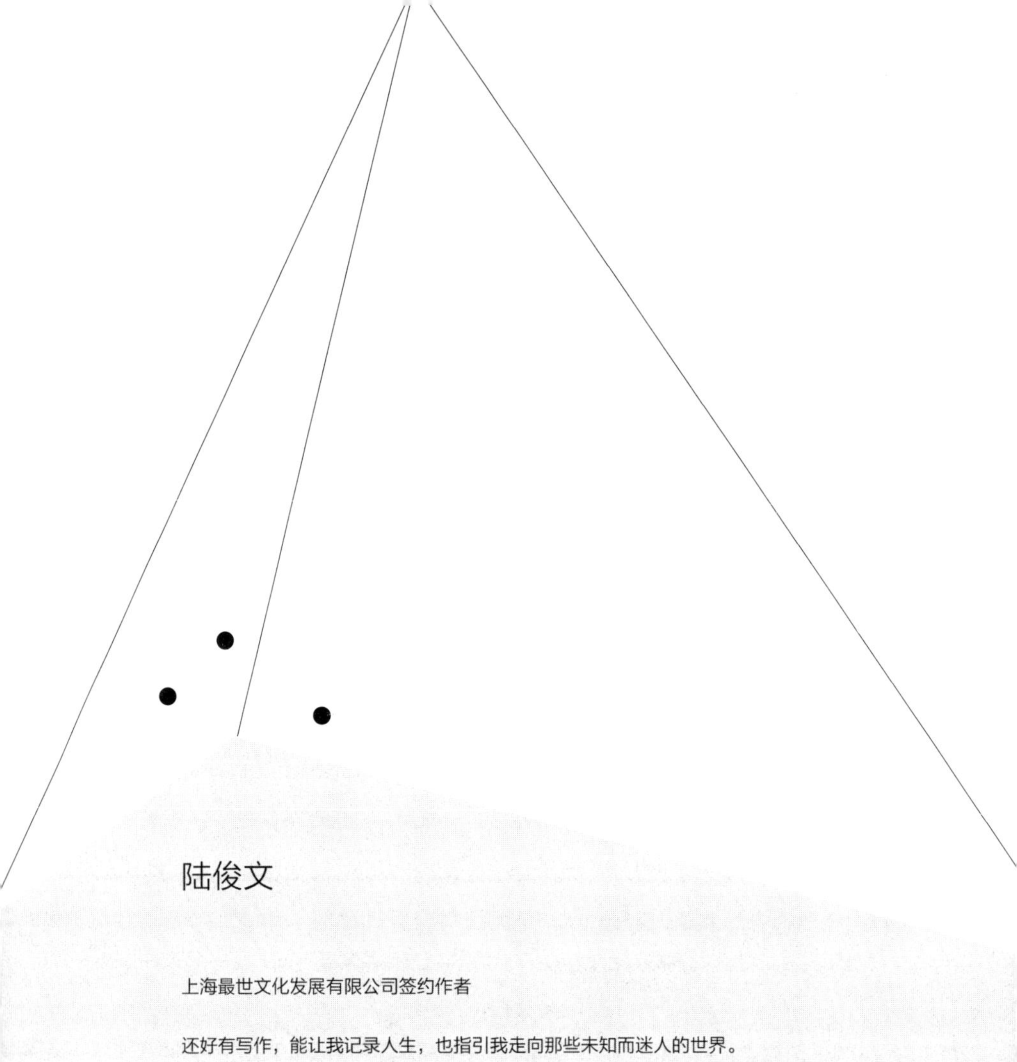

陆俊文

上海最世文化发展有限公司签约作者

还好有写作，能让我记录人生，也指引我走向那些未知而迷人的世界。

已出版作品：《咸咸海的味》《南安无故人》

——你说，世界上有没有这样一条公路，没有尽头，很长很空阔，可以开着摩托车一直追着夕阳跑，但是夕阳永不坠落？

“所有的叶子都已枯黄，天空深灰，我正走在冬日的路上，若我人在洛杉矶，将感到安全而温暖，但那只是冬日里的加州梦……”

给开往城西的摩托车加上油，在后备厢里塞满香烟啤酒，在没有被父亲抓到之前快跳上车远走，去郊外，去寻觅自由。

我怀念那个并不遥远的中学时代。三崽载着我，我们两个往西边走，风像麻袋套住头，身后的烟尘，模糊了整个小县城。

11月的时候三崽告诉我他从大学退学回来了，带着他的两把吉他，还有一脸风尘。那时我正在搬家，把书从学校的寝室往租的房子里运送，腾出一只手来要回复他的短信，却不小心划到了音乐播放，跳出来那首《加州梦》。

是Bobby Womack的演唱，三崽推荐给我这个带点布鲁斯风的版本。我们两个都喜欢这首20世纪60年代的经典，我是看《重庆森林》的时候喜欢上的，他则是因为电影《鱼缸》。

原唱是The Mamas &The Papas，这个在加州成立的夫妻乐队。The beach boys后来也翻唱过，加强了整首曲子的节奏，很振奋，但缺乏一点迷幻。

我一听歌就忘记了手中的活，顺手开了罐啤酒走到阳台吹海风。

很少有喝酒到断片的时候，只是偶尔小酌，喜欢和朋友在一起热热闹闹的氛围，独自喝酒未免太孤独了，除非是患上了交流恐惧症。

那阵子没少喝酒，因为正在写的一个小说突然没了头绪，我带着电脑换过很多地方写，图书馆、咖啡厅、酒吧，但句子怎么也写不通顺。一旦有什么事情没完成，我就会极其焦虑，失眠，翻来覆去，唯有酒精才能让我迅速入睡。

在上海的时候我会跑去便利店里买三得利，便宜又清淡，可这种酒厦门找不到，我便挑百威或喜力代替。三崽喜欢苦的酒，喜欢一切苦的味道，炭烧咖啡、黑巧克力、治他胃病的中药，但他也喜欢红酒。初二的一个冬天，他从父亲那里偷来两瓶红酒，我们便躲在他家附近的一个公园喝，坐在冰凉的石椅上。我喝了半瓶，其余一瓶半被他解决掉了。深夜他的胃里翻江倒海，人从卧室滚到客厅，呕吐物铺满地板。多年后每次想起第一次喝红酒的经历，都不免要调侃他一番。仿佛前世的饿鬼，今生催命似的狂饮。

我也喝吐过几次，一次是新概念十五周年庆典，在上海，KTV 包厢里，我一个人喝了好几瓶黄酒，又混了好几瓶啤酒，最后浑浑噩噩，从楼梯拐角吐到门口，是被朋友拖着丢回酒店，扔在床上的；还有一次是在台湾，我学业结束要飞回大陆，朋友们来送我，在一个露天的酒吧，最后大家喝到冲上台抢驻唱的话筒，大哭大笑，我边和朋友拥抱边吐，离别苦，有种不知何年再相见的伤感。

大多时候回忆起这种经历都觉得似乎不喝到吐，就不足以表现当时那种真情实感。可往往酒醒后，朋友四散，只剩自己一人。

我母亲不喜欢我喝酒，因为我父亲嗜酒如命，他身边好些朋友就是因酒丧命。他们那一代人喝酒是因为贫穷，酒精会给他们制造幻象，以此熬过苦难。而我们喝酒，哪有什么苦闷可言，开心喝，不开心也喝罢了，醉醺醺的状态好像更加接近真我，可以不在意脸面，破口大骂，开怀大笑。

我常常半醉半醒的时候拿出手机给前女友打电话，事后全然记不得自己讲了什么。我是那种一旦分手就决绝不再见面的人，会删掉所有的联系方式，可一喝醉，脑子里胡乱跳出一排数字，手止不住地按下去，才发觉有些东西自己怎么也忘不掉。

有时候喝完酒会到小巷子里深夜都不打烊的小店喝粥。冬天的时候坐在露天的摊点上，风吹过来，我就迅速舀起一勺粥吞咽下去，舌头、口腔里烫烫的，即使手脚已经冰冷也并不觉得难过。好像吃温热的食物会让身体和头脑都清醒得更快些。但其实躺到床上去的时候，又会希望还是不要清醒吧。

有一个很冷的晚上，刚下过雨，和几个日本朋友到东海艺术区附近的居酒屋喝酒，梅子酒、温过的清酒、啤酒、鸡尾酒，统统混在一起，在桌子上玩起了牌，输的罚唱歌。我们这桌唱的时候，隔壁几桌陌生的日本人也一起打着节拍唱和鼓气，空气里很潮湿，但屋子里的声音回荡，细细密密，反让人觉得热气腾腾。最后三桌并作一桌，爽快地喝了起来。大概因为是在异乡，他们才少了平日里的冷漠隔阂。

三崽曾告诉我他印象中的故乡是个常常能闻见快要下雨味道的南方小城，潮湿而沉闷。我们两个在十九岁那年都各奔东西离家千里。他去了重庆，我来了厦门。各自又开始新的生活，结交新的朋友。我进入了一个奇怪的中文系——大部分人是冲着经济会计专业而来却被调剂到了这里，拉着长脸摆出一副无奈的样子，走在路上都谈论着转专业、辅修、出国，而真正喜欢文学的反倒没几个。就像我难以理解为什么中文系会是这样一样，他们也无法理解为什么会有在志愿书上填报中文系的人。所以最初的那段日子我几乎是一个人抱着书本去上课，一有空闲就躲起来在键盘上敲打小说。好像做贼心虚一样，被其他同学发现，总要谎称自己是在做报告写论文，否则他们就会以一种异样的眼光在看我。

几乎和三崽的每次见面都离不开喝酒。挤在一堆熙攘的朋友中间，他总是没办法插话发言，只能落寞地举起酒杯，斟满饮尽。我看他这样反复地进行，也并不觉得厌倦，反而自得其乐，好像其实所有对谈的声音，都不过是酒水下肚声的和音。

他刚开始学吉他的时候就喜欢嬉皮士，喜欢公路片，喜欢齐柏林飞艇。我知道一家卖打口碟的小铺，我帮他搜罗所有喜欢的经典唱片。他喜欢美国，包括有棱有角的汽车，粗鲁的脏话，一望无际的中部大平原。我去找他，我们两个在房间里把音响开到最大，不用说话，抽几根烟不上瘾，喝酒，在狭小的空间里漫行。就这样慢慢悠悠地消耗着时间、青春。

但我其实还是喜欢最冷的冬天，去西边。

中学时代只要三崽在我家楼下响了三声喇叭，我就知道我们要出发了。那些瑟瑟发抖的冬日午后，带上香烟啤酒，把摩托车驶上大道，全世界都要让路。

速度不需要太快，开累了就把车停到路边野外，把啤酒打开，用手机放着摇滚乐，喝不醉，但酒精可以暖胃。只有在冷风中才能让自己暂时不去想未来。

并没非去不可的地方，也没有终点，好像一直在路上，就足够让我们开心。

甚至会因为一棵长得与众不同的树而停下来，一股陌生的气味，一朵形状奇异的云。当然也可以为一个顺眼的背影而驶向另一条未知公路，为一阵放肆的笑，为一粒细小尘土。

好像夏天喝啤酒解暑是理所应当，而冬天一咕噜下去则显得不合时宜，酒精会催促人沉醉，冰凉却又让大脑苏醒过来。可只有在冬天的时候那种刺激的感觉才会更加地强烈啊。

很多时候我们活在世上都觉得自己只是被上了发条的玩具。别人拧动两下，就会朝前面跑出去很远。可是不拧动的话，被摆在架子上，落满灰尘，被人遗忘，却又无法逃遁。

变得温顺、迟钝、小心翼翼。连对待朋友都警惕起来。

我送过三崽一本我写的小说集，他翻看了其中一篇，很喜欢那个老板、调酒师、服务员和顾客都是同一个人的酒吧。他半开玩笑地告诉我他打算开一家酒吧，就叫作孟特芳丹，我小说里取的酒吧名。他要自己做调酒师，自己做驻唱，不过他可不希望顾客也是自己。

我们幻想组建一支老年乐队，拆卸掉大卡车的后厢，要在世界各地的公路上巡演，给所有跟在我们身后的司机都发放啤酒。

但我们仍年轻。有花不完的力气，花不完的痛和爱。

风呼呼直吹过来，刮着脸，好像正开着摩托车远走。夕阳不坠。

我把喝空的啤酒罐踩在脚下塞进垃圾箱里，靠着阳台的栏杆，给三崽回复了短信息。

轻轻的一个嗯，但我知道他明白我的千言万语。

这个冬天白日异常热，夜里异常冷。要猛灌下去一口啤酒，才能挨过漫长的冬季了。

桃花镇

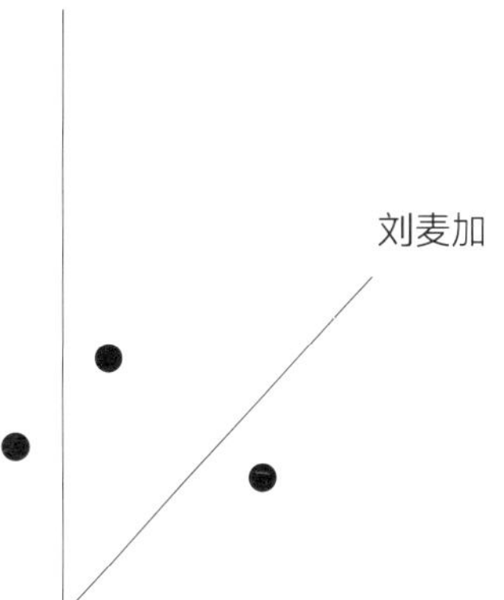

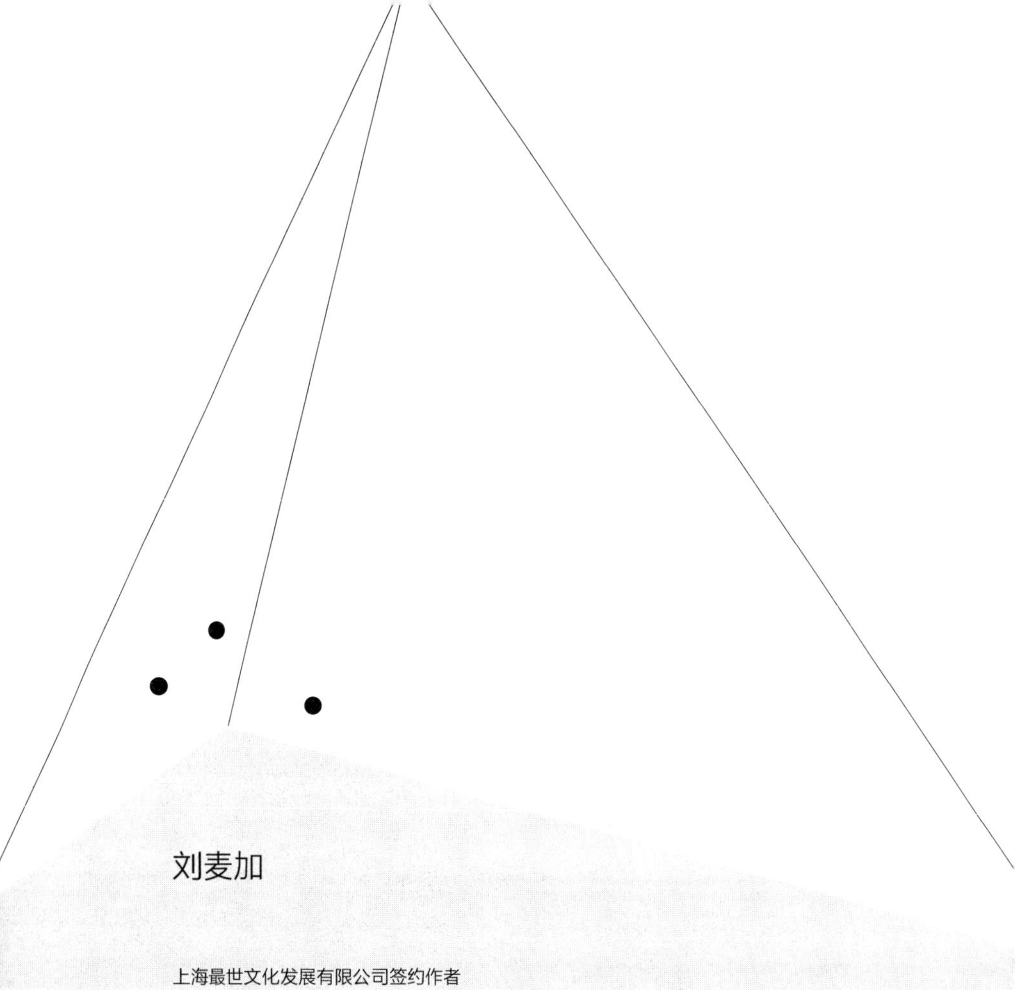

刘麦加

上海最世文化发展有限公司签约作者

用写，来完成自己。

已出版作品：《她她》《缓慢但到来》《夏墅堰》《过去的，最好的》

菩萨蛮

杨书枕的婚礼上，柳黛眉盛装出现，落座席间引来一片哗然。

有人打趣说柳黛眉好久不见了，最近忙什么呢。柳黛眉托着下巴说，历史文物保管所能有多忙。在座有不知情的人便诧异地脱口而出，你在历史文物保管所工作？柳黛眉笑笑掀起紫色的眼睑，撩过卷发说怎么我看着不像吗，是不是觉得我应该在哪个中德合资的企业做公关。然后自顾地斟上一杯酒喝起来。

突然又听见一阵骚动，柳黛眉抬眼看到顾雁归大步走到桌前坐下。原本还算压抑住心情的观众们一下子全把表情写在了脸上送到了柳黛眉眼里。柳黛眉弯着嘴角对顾雁归点点头，顾雁归心领神会地回了一个眼神礼，然后目光立刻转移。双方都没有逗留，不带一点迟滞没有一丝拖沓，继续我喝我的酒，你聊你的天，煞是默契。

初涉世事的社会新鲜人面对这样生动的场景难免敏感而疑惑，向周围的人请教，只知道城东有个顾雁归放浪形骸，城西有个柳黛眉妖言惑众，怎么这东西两派也有过什么瓜葛吗。见多识广的前辈便撇撇嘴说，顾雁归和柳黛眉打江山的时候你在忙着考英语六级吧。那时候争霸割据你死我活横尸遍地血流成河，两个人从城南打到城北，晴响响的日子也能惊出一个闷天雷。没有见证过那个时代，人生都是不完整的啊。

又有人问了，看今天这架势，这是两败俱伤了还是和平解决争端？这个问题把前辈也难住了，两手一摊说，谁知道呢，都是武林高手其中的招式必是我们不能参透的，反正今天你略胜一筹明天我棋高一着，指不定哪天又厮杀起来，我们也只有旁观的份儿呀。

杨书枕周正高大，新娘却娇小可人，前来敬酒的时候柳黛眉目测两个人的身高差距，新娘不过杨书枕的肩。柳黛眉无言地喝完一杯喜酒坐下低下身子揉揉脚踝，今天出门惯性地选了一双十厘米的高跟鞋。酒过一巡之后有人来跟柳黛眉搭讪，生疏点的就问个生辰八字工作学习的情况，熟识点的就问她现在在哪里妖冶打算下一个去破坏谁和谁的感情生活。柳黛眉也不生气，回嘴说你和你老公过得够不开心了，有一台电视机当个第三者每天讲话的内容都不超过十句吧，要不你爸和你妈怎么样？最近我对老男人很感兴趣呵呵呵。

对方神色大变，众人哑然，顾雁归不失时机地上前挎住柳黛眉的手臂对大家说，她喝醉了，我送她回去，失陪了。

柳黛眉和顾雁归走后，有人上前宽慰那个自讨没趣的路人，说不打勤不打懒专打不长眼，今天这个日子要是放在三年前，新娘就是柳黛眉了，何必在这个时候撩拨她的火气。

坐在车里柳黛眉对顾雁归说你是不是觉得我生气了，其实我一点都不生气，我只是比较不满为什么杨书枕就不能争气点，颠来倒去那么久只打雷不下雨，最后还是找了个比我更矮的姑娘。

顾雁归哼了一声说，比你矮，但人家矮得有底气矮得有特色，矮得可以理直气壮地不穿高跟鞋，杨书枕不是说了嘛，身高不是距离，爱她嘛。

柳黛眉自嘲地说，所以说他那时并没有多爱我才逼我穿高跟鞋，我们也不算太对不起他。顾雁归没有回应，柳黛眉看到他假装专心致志开车的严肃表情撩撩头发冷笑了一声。

车子停在柳黛眉家楼下，柳黛眉打开车门快步下车。本以为顾雁归会立刻开走，然而她站在楼梯口背对着顾雁归，等了好久都没有听到车子发动的声音。

一个坐着，一个站着，两人僵持了些许，还是顾雁归先服软，轻轻摇下车窗唤了一声柳黛眉的名字。

如果那时你能走得像今天这么踯躅，我也就一把抱住你继续感谢上天的恩赐，乱战混世恩怨情仇我都不管了。可是你走了，踏过缭乱的烽火带着我的青春一起走了。

柳黛眉这么想着，吸了一下鼻子，转过头丰盈地朝顾雁归一笑摆摆手说，哦忘了说再见了。再见。

画罗金翡翠，香烛销成泪。花落子规啼，绿窗残梦迷。

躺在床上突然想起这首词，是柳黛眉少女时代最喜欢的一首词。出自温庭筠，她最欣赏的一个词人。

大家说得对，现在的柳黛眉怎么看怎么不像在历史文物保管所工作的人。任谁也想象不出来，她的心也曾是个世外桃源远离一切战火纷飞。

南歌子

少女时期的柳黛眉对自己的定位一直都是中上等的样貌，中下等的魅力。有人纠正她说其实你身上有一股邪气，现在的男人很吃这一套。柳黛眉谦虚地说估计是因为我是桃花眼。她不管笑不笑眼睛都是弯弯的，眯成一条线看谁都好像有无尽的意味或似是有限的兴趣，就看对方怎么理解了。

柳黛眉大学专攻古诗词研究，一直在和一群死人打交道，而且都是些才华横溢风流千古的死人。他们随意挥墨的几笔就堪堪被研究了几百年传世至今仍有品不完的味道说不完的读后感，让人不禁琢磨那些人都是经历了怎样的风雨度过了怎样的春秋才有如此琼酿的底蕴，相形见绌下我们居然过得这么单薄活得这么平凡。

那个时候的柳黛眉在历史文物保管所当个单薄的职员，作为杨书枕的女朋友过着平凡的生活。当时的天湛蓝湛蓝的，一朵朵的云像棉花糖一样柔软安详，一吹就破，有再多的人冲着她那一双迷蒙的眼睛来都被她用一两句诗词打发过去。

和顾雁归相识的那天她刚跟领导探讨完温庭筠。领导说温庭筠太矫揉造作，有一股恃才傲物的劲儿，因为总是不得志所以才郁郁寥寥装神弄鬼，说的都是些至情至性的婉约话，隐藏的却全是离愁哀思充满了侵略性，不够好不够好。柳黛眉不满地为他平反说但凡是个人物骨子里都有点格格不入，飞卿总是要和常人不一样的，爱要说出来恨一样说出来，说得让人胆战心惊魂飞魄散肝肠寸断那更是一种本事，你不能说这就是错。

杨书枕把正在论理中的柳黛眉拖出办公室，拽到一个男士面前说，这是我女朋友，柳黛眉。然后对着柳黛眉说，这是我的好哥们，顾雁归。

眼神交汇便产生了电光石火的幻觉，柳黛眉觉得那是因为顾雁归也有着一双桃花眼。只是彼时两人眼中所蕴含的，不知是无尽的，还是有限的。

顾雁归微微握住柳黛眉的手说，刚才听见你在里面说起飞卿，说的是温庭筠吗？柳黛眉点点头。顾雁归说，他还真是妇女之友，拉拢了无数女人的心。不过我更喜欢李商隐，虽然他更圆滑一点。

杨书枕又喊上一群好友一起吃饭唱歌。在此期间，柳黛眉很明显地感受到顾雁归对她注视的时间超过了对哥们的女朋友应有的礼仪长度。她矜持地回避他的注视，不时地在对杨书枕温存一笑之后慑去警告，但似乎全然不管用。

几天后的一个下午，顾雁归来到了柳黛眉工作的地方，且独自一人。

顾雁归对柳黛眉说，我和杨书枕是从小玩到大的好朋友，他喜欢白色我喜欢黑色，他喜欢物理我喜欢英语，他喜欢奥黛丽赫本我喜欢费雯丽，我们的审美从来就没有交叉过。当他告诉我他遇到你的时候，我以为你是一阵清风或者一滴玉露，我以为你如丹顶鹤一样宁静闲适。但是你不是。

柳黛眉暂时无法揣测出这句话最终的意味，尴尬地抿起嘴说，请直接说中心思想好吗。

顾雁归无畏地笑笑，有一种轻浮又似乎很真诚。他说，那就先让我们一起仔细审视一下你的生活吧。你有一份安稳的工作，几个可以闲聊的同事，一个对你很好的男朋友，这么无可挑剔，一点走错路的可能性都没有，会不会太无聊了。其实，你应该有和你的气质相匹配的经历和折磨。

柳黛眉大惊失色说，你不要直接对我的生活妄加评论好吗我现在很幸福。顾雁归说，你先别忙着激动，也不要强调你对当下的满意度，人总是在自己最没有把握的领地里虚张声势。你的眼神为什么在游离？你是在害怕吗，你害怕你会立刻丢掉稳固的朝纲跟我走向凄惶的乱世。你已经动摇了不是吗，不要浪费你的才能，这是对你美貌的侮辱。

顾雁归接着说，我不想否认我对你说这些话都是因为我喜欢你，我不管你是谁的女朋友，最重要的是我喜欢你。从见到你的第一眼我就已经做好迎接你的准备，我的心有一片岛屿随时等待你的登陆。你是我当今已经匮乏状态的惊喜，我怎么可能放过你。

顾雁归用了两个小时的时间说出了柳黛眉和杨书枕交往半年多都没有领教过的甜言蜜语。顾雁归是个高手，而且是个可以道貌岸然地说着促狭情话的高手。他不知礼义廉耻不屑道德修养，他的心活在原始时刻准备着为一切美所惊动，一旦惊动就收不住手。

柳黛眉此刻的惊慌不知该向谁诉说，作为一个略见过世面的大家闺秀，面对一个不要脸的登徒子坦然自若的勾引，她表现出了合格的恐惧以及恸容。她不能再若无其事地和杨书枕相视而笑。杨书枕问她是不是有心事，她把话堵到了喉咙里，咽了下去。

她确实被顾雁归说动了，顾雁归用温庭筠一样秾丽的口吻，企图把她带到一个纷乱危险的境地。那里有她在古书里才能读到的悲悯哀伤生离死别，男的动辄就战死荒漠只剩孤烟飘直，女的要么就倚楼望月不知泪沾衣襟。柳黛眉扪心自问自小到大，从来没有考过一次不及格，从来没有逃过一次课，从来没有搭配错过一次衬衫和短裙。她一直妥当地活在局限的喜悦中，而且那些喜悦有一半是不带振动的，静静地躺在那里想起来才能浅笑一下。

柳黛眉残存的理智告诫自己不可以犯错。她对顾雁归说，这是错误的，杨书枕是你的好朋友，是我的男朋友，我们在他不知道的情况下约会，而且已经不止一次，是很严重的错误。

顾雁归把手插在口袋里说，凡是对的事情总是肃穆的，这个世界上最正确的一群人就是圣山上的喇嘛。他们严守藏经上的教条不敢有一丝越界，一辈子生活在至圣真理的道路上。即使那里缺氧严寒也认为是喜悦的，那种喜悦最安稳最踏实。你我都没有这种慧根，也忍受不了这种孤独，做不了肃杀而智慧的圣人。倘若如此，不如做个快乐的罪人，留给天意裁判我们最终的罪行，是凌迟是分尸，至少狂欢过一次。

顾雁归轻轻揽过柳黛眉的肩，说，和我一起犯罪，你准备好了吗。

柳黛眉还没来得及表态，顾雁归突然因公去邻国出差两个月。她表面上当然要虚张声势地嘘一口气，迫不及待地接受了不久之后杨书枕的求婚。她把顾雁归不适当的缺席当成了故事的结局，却怎么也扑不灭被他点燃的第一缕烽火。特别在深夜，当她凝视挂在手指上那颗臃肿的钻石时，能做出的只有沉沉的一声叹息。

这一声声叹息逐步将她推向一条不再明朗，也不知道该通向哪里的道路，便草草结束了心灵的纯真时代。

小重山

两个月之后，顾雁归再次出现。柳黛眉闪耀在手指上的钻戒娴熟却毫无底气地回应顾雁归的挑衅。

顾雁归有些失望地说，我以为我回来看到的是已经站在某个陌生男人或者是几个陌生男人周围的你，没想到你还带上了一个累赘。柳黛眉说，杨书枕对我很好，我没有理由不和他结婚。顾雁归说，结婚吗？就此两个人过上美满的日子安享太平了吗，不久前我以为我已经说服你了，但没想到你退缩了。

柳黛眉说，两个月前你不吭声地走掉了，我又不是那些有志气的寡妇，何必守着你一谈空话痴痴地用来回味一生。

顾雁归说，如果那时我没走掉呢？是不是现在你和我已经在华山论剑，或者早就天下一统了？柳黛眉，杨书枕不适合你。他要是找一个人过一辈子，那就是一辈子，结结实实滴水不漏。他会把你的生活安排得井然有序一马平川，所有的事情都打理到82岁全部亮亮敞敞的。此后你的生活不会有担忧不会有仓皇，随之相伴的也不会有命运之外的惊喜和超越理性的快乐，你甘愿吗。堵掉了一切越线的可能，再也看不到另一面的世界，你会满意那样的状态吗？

良久，柳黛眉虚弱地反击了一句，顾雁归，你是个疯子。可抬起的眼睛却泄露了她的心思，预示了一切都有回转的可能。

顾雁归对柳黛眉的反应非常满足，他加紧攻势说，人都是嗜血的，一世的安稳总是轻而易举地被暂时的杀戮推翻。柳黛眉，你有一颗不安分的灵魂，注定了一条不平坦的道路，请让我这个无赖为你捍卫住自由打破牢笼的束缚，行吗？

给顾雁归出差回来接风洗尘的那天，一群人在KTV的包房里热闹。

杨书枕对柳黛眉说今天他要加班没法去参加了，还嘱咐柳黛眉好好招待顾雁归。

为什么顾雁归要回来，为什么杨书枕要加班，为什么在座的所有人都没有注意到角落里那一对男女的一举一动却没能及时上前阻止他们。在抉择的这个关键的岔路口，偏偏又吹来一阵微醺的靡靡之风。顾雁归的眉宇是那样欲说还休，柳黛眉的唇齿又是那样欲拒还迎。似乎万事俱备，只欠美人一个笑，天下就能为了她颠覆。

一个月之后，柳黛眉把婚戒还给了杨书枕，搬到顾雁归的家里与他同住。

战火一下子点起了。

杨书枕每日三餐准点堵截柳黛眉，跑去她的单位砸坏了四把椅子踢坏了一扇门，声张着要和顾雁归绝交，两个人在大庭广众之下打了不止三次架。期间杨书枕跳河两次但都自杀未遂。

所有人都不约而同地站在了杨书枕这一边，他们惊讶于柳黛眉居然和顾雁归苟合在一起。熟悉不熟悉的朋友来了一大堆，街道的大妈单位的领导和组织上层层派人下访，有劝慰的有引导的有挑拨的有严词说教的，一个一个都拿出本本框框要把柳黛眉拉回正途。而柳黛眉应对自如语言流畅拿出顾雁归教给她的道理反问所有人，你们快乐吗？真的快乐吗？在一室两厅的小房子里围着柴米油盐打转，被世俗磨灭得根本不知道什么是快乐，真的快乐吗？

这个世间有这么多不可理喻又不言而喻的道理，大家都心知肚明。和生活算一笔必然亏损的账，只要没有把身家性命都搭进去也就随随便便糊弄过去了。可有人偏偏要拿着算盘煞有介事地说你现在亏了这个数目，如果你这样做就只要亏这个数目，而如果你这样做或许还能盈利，难免会被说成怪诞，荒唐。

杨书枕最后一次出现在柳黛眉面前想要挽回局面。他双膝跪地，举着那枚戒指对柳黛眉说，只要你现在回头，我还娶你，就当什么事情都没发生过，我们安安稳稳地过完下半辈子，行吗，黛眉？

柳黛眉眼也不眨地扭过头去，不假思索地说，对不起。

饱含歉意，却没有悔意。

杨书枕狠狠地站起来指着柳黛眉和她身后的顾雁归说，好，我不跟你们闹了，你们自己折腾吧。柳黛眉，你早晚会后悔的。

虞美人

柳黛眉顶住了舆论的压力，杨书枕也在众多好心人的帮助下经过流水席一样的相亲终于不再四处宣扬他的怨气。当她以为一切都可以平息的时候，才惊觉更大的动荡正在来的路上。

好像都过了深秋，也入了冬，天气寒冷起来。柳黛眉已经开始打着顾雁归女朋友的称谓在江湖留名，但她惊诧地发现顾雁归并没有就此鸣金收兵。他主动颠覆了柳黛眉的王朝，却仅仅是颠覆了而已。他是不负责任的起义军，挑起事端后就不再做其他打算，没有任何重建大业的计划。他都没有提高一些觉悟，甚至有柳黛眉在的场合他也不会遮掩对别的女性的兴趣，依然像个猎人，警惕着嗅觉寻找下一个让他为之动容的美丽。

也是在被顾雁归带入他的世界之后柳黛眉才发现了另一番天地。那里的男女都有一双媚眼，都有一两段跌宕的过去，都很能领悟一堆死人的文章。柳黛眉不再特别，她不过是顾雁归留恋的众多特别中的最不特别。当短暂的胜利喜悦逐步褪去之后柳黛眉便要开始适应独自坐在在空荡荡的房间里，看着电视剧里婚后五年的家庭主妇偷偷摸摸地翻开丈夫的手机，渐渐麻木地睡去。

突然从一个漆黑的梦中惊醒发现顾雁归坐在了床尾，他抚了抚柳黛眉的脸庞说，你的眼角有泪痕，是因为一个人睡觉太孤单吗。柳黛眉坐起身子，理了理思路说，顾雁归，我们在一起三个月了，第一个月你接到任何电话都说你在开会然后专心地陪我，第二个月你接到任何电话都说会马上就开完了安抚我一下才走，第三个月只要我给你打电话你就说你在开会。你能不能告诉我，这是为什么？这是不是一个厌倦的过程？

顾雁归身上有着很浓的酒气，眼睛却是亮亮的，头脑很清醒口齿很清晰，他说亲爱的，你为什么会这样问，我这个月真的很忙。亲爱的，我怎么会厌倦你呢，我爱你，但比起我爱你这件事，还有很多事情等我去做。我知道你爱我，不过你也可以在爱我的同时干些别的事，别在我身上倾注太多的精力，这会让我让你都很累。我把你从那里带到这里，不是想给你套上另一副枷锁，你应该理解我。你那么聪明，你肯定会理解我的。

于是柳黛眉尝试着去理解顾雁归，以及顾雁归的世界。她开始穿上黑色的丝袜游走在各个顾雁归乐于出没的场所，她不再羞涩，一寸寸渐进地露出自己白皙的颈项和背部，涂上各种颜色的眼影和唇彩，她发现这并没有很难。而且顾雁归是对的，她有惊天动地的魅力，也有颠倒众生的天分，如果不把它拿出去招摇过市那就是对美貌的侮辱。

与此同时柳黛眉在那个世界里看到了比顾雁归更能花言巧语的男人，他们更加丰富更加优雅更加离经叛道，能说出更多让柳黛眉恍然大悟的理论。柳黛眉渐渐熟悉了这种生活和游戏方式，发现男男女女的战役花样再多也逃不过孙子兵法古墓遗书四十二章经那些永不过期的经验，而更重要的是在别人眼里看似混乱的战况，你进我退你守我攻，眼看马上就要破防，但只要当事人沉得住气，就不算输。

高筑墙广积粮，最重要的还是缓称王，任何战局拼到最后就是拼的忍耐力，有的人忍不住认真地动了情生了气，开始逼问十万个为什么，那才是输了。

柳黛眉这么聪慧，一下子就领悟到了。

不出三个月，柳黛眉晚归，这次轮到顾雁归独守在沙发上，恹恹欲睡。

看到柳黛眉凌乱的发丝，顾雁归眼睛中激起一阵委屈的欢喜。他说你去哪里了，为什么都不给我说一声，我等了你好几夜。

柳黛眉摸着顾雁归隐约的胡茬儿，她说顾雁归，你坐起来我有话想对你说。

柳黛眉说，这两月我收获了不少人，其中大部分是男人，他们和我以前认识的任何一个男人都不一样，包括你。于是我忍不住想象，此间还有多少个不同凡响的男人等着和我相遇，而我又要和他发生什么，似乎到处都是一番番轮回的乱局迫使我发兵参战。你会不会也有我这样的疑惑，你遇到我了，我究竟是不是你的终点，是不是你的正确道路可以举着一面红旗走到底。你先我一步了解到外面的世界很精彩，短暂的爱情怎么也照不到不明朗的未来，但是为什么隔壁王二婶和李大爷，楼上苏丽娜和朱查理以及天下那么多恩爱夫妻，他们都能归园田居男耕女织，看看电视养养花草，幸福得心安理得笑得透彻明了。我们怎么就不能像他们那样呢？

顾雁归凝视着柳黛眉，霍然低下头。他紧紧擒住柳黛眉的肩膀摇头说，我也不知道，不明白啊。可是你知道吗，我是真的爱你。

柳黛眉说，我相信，你说的我都相信。所以我们分手吧，你要的不就是这种理解吗。

从顾雁归的家里搬出来，柳黛眉在城市的另一端延续了夜夜笙歌的日子。她学习思念，培养失眠的习惯，以及吸烟酗酒没有节制的夜生活。她的脸颊不再像以前一样饱满，却瘦出一股古风美，憔悴中混着复杂的安宁。她带着从未改变过的一双笑眼走进一个个男人的心中，糟蹋过一片良田之后又赶往下一个城池。身后寥落的灵魂排起了队，上了良家妇女们的黑名单，名声从那个时候渐渐狼藉了起来。

一段时间里的传闻中关于柳黛眉和顾雁归的关系甚是扑朔迷离。有人说曾经在柳黛眉家的楼下看到顾雁归宿醉的身影，也有人说他们同时出入过一家旅馆，还有人斩钉截铁地说两个人的关系很僵，在背地里互相拆台咒骂过数次。

这出东西对唱的折子戏一唱又是一载有余。偶尔从别人的口中听到彼此的消息，出入的场合多了也遇到过几次。他们身边各自围着不同的男女，温文尔雅地打招呼。顾雁归说你更漂亮了，柳黛眉说你更精神了。

直到后来的后来，江湖上盛传顾雁归找到了人生的真爱，命定的女主角，上帝给予的真命天女，一生只有一次的致命伤，甚至让顾雁归动了隐退想法的那位周思思小姐。

这个消息最终的确定是从杨书枕那里得知的。柳黛眉刚一听到周思思这个名字，就哼哼地冷笑了出来。杨书枕说你别急着恼啊，这个女生不像她的名字那样百转千回。她很年轻也很单纯，没有读过那么多的书，说起摇滚乐就是五月天说起诗人就记得李白，她不知道苏珊桑塔格不知道阿伦娜，顾雁归说的话大多数她都听不懂，所以她没有及时对顾雁归做出的指示表示兴趣，然后她赢了。

杨书枕说这番话的时候油然而生出一股急切的幸灾乐祸。他始终无法消磨对柳黛眉的怨念，柳黛眉也不指望他不再恨她。柳黛眉温和地问你的新婚蜜月过得如何，希腊是不是真的那么美。杨书枕说，美，非常美，可在你心中再美也美不过耶路撒冷，那里有人受伤有人流血到处都是隐秘的危险随时随地都有阵亡的可能，那里的花开得才急惶那里的树长得太苍郁，对不对。

柳黛眉没有搭理他的问句。杨书枕便端起架势说，你知道顾雁归这辈子最念念不忘的三个女人是谁吗，是蓝洁瑛梅艳芳和陈宝莲，一个比一个风华绝代美得让人哽咽，而她们能真正驻扎在顾雁归的心里都是因为她们已经落寞沉寂或者香消玉殒。我和顾雁归还能说说话，是因为我知道他爱你，而且他爱过你之后还会再去爱别人。你却只能孑然一身，因为你不幸地成了顾雁归所向往的众多纷争的其中一个，征战过了就算了，那个固若金汤的太平盛世你永远都给不了。

柳黛眉的笑容打开得很自然，她平静地理理头发，缓缓地站起来拿起包包，走到杨书枕的跟前说，我不后悔。就算走到了今天这一步，我也不后悔。

随后阔步离去。

杨书枕跟她分析得这么透彻不外乎就是想让她前后对比一下派生出对当时决策的悔意。但柳黛眉确实一点也不后悔。

做了错事不怕，最怕的是错了之后又觉得后悔，那样就给了别人指责的余地让自己当初的理论更加站不稳脚，慢慢地就开始怀疑人生怀疑社会，当自己都无法给自己安全感的时候，急速的堕落也就开始了。瞻前顾后看到最顶天立地的女人只有纪晓芙，违背师门和邪教人士一贪欢缯宁死也没有一点愧疚，给女儿起名还叫杨不悔，生生是给天下人一个不悔的交代，把师太级的人物都气个半死，是何等的气魄。

然而，细细算来，并不是没有失魂落魄慌张失措的时候吧。

情人节圣诞节都不愿气势磅礴地度过，曾经偶遇的地点也小心翼翼地避过，在街头上看到车牌号相似的车子都要顿足走神一番。

一次在 KTV 里有人唱起《夜会》，歌词写得柳黛眉汗毛直立，讲得分明是她的内心独白。回到家下载到电脑里一遍遍地重复，终于在第十二次听到“原谅你和你的无名指，你让我相信还真有感情这回事”这句时抑制不住心绪，骤然落泪。

柳黛眉不是个禁不住哄骗的人，能够这样义无反顾地弃笔从戎穿上战袍上阵杀敌，伤痕累累还直言不悔，仅仅是信了那时那地的那句我爱你。

因为爱你，所以你想要的，哪怕是乱世春秋，我也要给啊。

梦江南

又临开春，天气乍暖还寒，柳黛眉从历史文物保管所辞职，真的去了一家中德合资的企业当了公关。将走时所长给了柳黛眉一副字，是韦庄的那句“忆来唯把旧书看，几时携手入长安”。他说，温韦二人中你是向来看不惯韦庄觉得他太寒酸，但花间词派中的成就韦庄绝对不输飞卿。你现在也有些年龄了，少读些怨闺中的哀辞，多品品韦庄的空山寂静冷月无声吧。

柳黛眉抿抿嘴不知道心里究竟听进去了多少。

没过多久，柳黛眉和新公司五十多岁的主管传出绯闻。一堆抻长脖子的人隐晦地四处打听想要知道个究竟，柳黛眉大方地承认，对，没错，我和一个有妇之夫有一腿。

她一反常态，倾注所有赌注要为那个男人发起一场革命扬言要打碎他婚姻的枷锁还假爱情之名，大有孤注一掷破釜沉舟的势头。相较之下那位主管的太太沉稳多了，平定内乱的号角迟迟没有响起。但这并不影响路人们的兴致，他们围在柳黛眉周围准备观赏一场灾难，且看正室如何拿下小三。

事发两个月之后主管太太才借口想和柳黛眉喝茶把她约了出来。

而且她们真的只是喝喝茶。

主管太太说你比传说中的更好看，不过我以为你会是那种盛气凌人的好看，光鲜亮丽得让人不敢直视，但你是属于偏静的好看，这样的人都比较上镜，很难得也很幸运。

这位太太的妆容非常素雅，低挽的发髻在她脑后束起时间的过往，举杯喝茶的动作都充满了故事性。她眼角已经有些明显的纹路，昭示了她经过几番风霜洗礼的韵味，使她整个人散发出温润的气质，却又有一种敢于和岁月抗衡的力量，不怒自威。

主管太太没有高姿态地逼迫柳黛眉，更没有严厉地威胁，她三言两句就挑出了问题的重点。她大概的意思是，在爱情里，有的人想不劳而获有的热衷揠苗助长，这样的人不是撑死就是饿死，来得太玄的东西往往都是不可信的。这人间就是一个桃花阵，一时的迷途可以误入，可自己心里得有个终点，在找到出路之前你和他都要抱着舍生取义的悲壮和无畏去解决所有快意恩仇。走出来了就是豁然开朗，走不出来就是一辈子执迷不悟。

主管太太用稳操胜券的口气对柳黛眉说，能带你走出来的人不应该是我的丈夫，也不可能是我的丈夫，更不是其他谁的丈夫。

她甚至有些怜惜地看着柳黛眉说，你是不是该考虑一下，那个人应该是谁了呢?

顾雁归再次出现在柳黛眉的视野中是某个仲夏的晚上。柳黛眉在自己的楼下看到顾雁归的车，他伫立在车前发现柳黛眉之后迅速向她走来。

一脸的胡茬儿浓重的黑眼圈和一身的烟酒气味都是他最近过得不好的证据。他一把拉住柳黛眉的手紧紧握住，深深地呼吸，一口气对柳黛眉说，黛眉我爱你，我爱你爱你爱你爱你很爱很爱你，过了这么久了我最爱的一直是你。我们重新开始好不好，我们归园田居男耕女织，在上帝面前发誓一生不离不弃，我们结婚好不好。

瞬间顾雁归双目盈泪，声音嘶哑，眉头紧锁，双手颤抖。

有一刹那，柳黛眉被感动了，结结实实地感动了，踏入动乱之后她很少被这样突如其来摧枯拉朽的力量感动过。不过，她也已经不再年轻了，护城的堤坝不再那么容易被瓦解。

很可惜，此刻的柳黛眉，很清醒，很理智。她知道，人过了一定的岁数，隔段时间就会有一两个软弱的低谷。低谷时不管是年过中旬的有妇之夫还是历史上的前女友，但凡抓住了就任性地心一横只要眼前不管将来，生生死死一辈子之类的话一股脑全都说出来，怎么壮观怎么说。反正承诺都是泡沫，不如找个又迷人又绮丽的。

柳黛眉抽出双手按上顾雁归的肩，等他冷静下来轻声地问顾雁归，你是不是最近工作不顺心了？还是你的真命天女对你们的婚礼策划不满意让你犯难了，又或者是她突然开窍了也过上了让你心神不宁的日子？我承认我现在晚上还会梦到你，对你所有的话都缺乏抵御力，稍微和你有点相似的男人都能让我侧目。但是顾雁归，为什么这些话你不在几年前对我说，为什么要在我筋疲力尽的时候提出和我相拥终生的建议，你是在考验我，还是在责罚我。

柳黛眉也噙着泪，捧着顾雁归的双颊说，你说过，一个不安分的灵魂必然会有一条不平坦的道路。向往自由的人必定自私占了更多，舍不得放弃自己的原野，又对别人的田园心生贪念。我们都是自私的人，怎么都做不到舍生取义，注定了我们只能在这里迂回往复。

顾雁归天真地摇摇头说我不知道我不明白，可是你相信我，我是真的爱你。

柳黛眉从眼角滑过一颗凉蓝色的泪珠，说，我相信，我从来都没有怀疑过这件事，可是你能不能先告诉我，爱是什么？

前往闪亮的旧时光

ZUI Book
CAST

主编　郭敬明

出 品 人／郭敬明
项目总监／痕痕
监　　制／与其　刘霁
特约策划／卡卡　董鑫
特约编辑／非非　张明慧

装帧设计／ZUI Factor (zui@zuifactor.com)
封面设计／胡小西
封面插图／熊小熊
内文插画／年年　王浣　夏无觞　maichao

出品／上海最世文化发展有限公司
官方网站／www.zuibook.com
平台支持／最小说 ZUI Factor

图书在版编目（CIP）数据

前往闪亮的旧时光 / 郭敬明主编 . — 长沙 ： 湖南文艺出版社，2017.1
ISBN 978-7-5404-7684-7

Ⅰ．①前… Ⅱ．①郭… Ⅲ．①短篇小说 — 小说集 — 中国 — 当代 Ⅳ．①I247.7

中国版本图书馆 CIP 数据核字（2016）第 155583 号

© 中南博集天卷文化传媒有限公司。本书版权受法律保护。未经权利人许可，任何人不得以任何方式使用本书包括正文、插图、封面、版式等任何部分内容，违者将受到法律制裁。

上架建议：青春丨畅销

QIANWANG SHANLIANG DE JIU SHIGUANG

前往闪亮的旧时光

主　　编：郭敬明
出 版 人：曾赛丰
出 品 人：郭敬明
项目总监：痕　痕
责任编辑：薛　健　刘诗哲
监　　制：与　其　刘　霁
特约策划：卡　卡　董　鑫
特约编辑：非　非　张明慧
营销编辑：杨　帆　周怡文
装帧设计：ZUI Factor (zui@zuifactor.com)
封面设计：胡小西
版式设计：利　锐
封面插图：熊小熊
内文插画：年　年　王　浣　夏无觞　maichao

出版发行：湖南文艺出版社
（长沙市雨花区东二环一段508 号　邮编：410014）
网　　址：www.hnwy.net
印　　刷：北京鹏润伟业印刷有限公司
经　　销：新华书店
开　　本：880mm × 1270mm　1/32
字　　数：185 千字
印　　张：8.5
版　　次：2017 年 1 月第 1 版
印　　次：2017 年 1 月第 1 次印刷
书　　号：ISBN 978-7-5404-7684-7
定　　价：32.80 元

质量监督电话：010-59096394
团购电话：010-59320018